Peter Grau

Spurlos verschwunden

Buch

Ivana Gobec geht joggen und kehrt nicht mehr zurück. Die Suchaktionen der Polizei bleiben erfolglos. Niemand hat die junge Frau gesehen. Kurz darauf bricht Beat Furrer, Geschäftsleitungsmitglied einer Versicherung, zu einer Geschäftsreise auf. Er kommt aber nie am Zielort an.

Zwei Personen verschwinden innert kurzer Zeit in einem kleinen Schweizer Bergkanton. Alles nur Zufall?

Der neue Leiter der Kriminalpolizei, Markus Goldbacher, ist bereits in seiner ersten Arbeitswoche gefordert, denn beide Vermissten bleiben spurlos verschwunden.

Autor

Peter Grau, Jahrgang 1965, wäre wohl nie im Leben auf die Idee gekommen, ein Buch zu schreiben, wenn seine Frau an jenem Urlaubsmorgen nicht so lange auf ihren Latte Macchiato hätte warten müssen. So stand er eine Weile vor dem Bahnhof Milano Centrale, bewachte das Gepäck und überlegte als Zeitvertreib, wie man aus diversen Ideen eine zusammenhängende Geschichte konstruieren könnte. Als seine Frau endlich mit dem Kaffeebecher in der Hand zurückkam, hatte er nicht nur die Story für einen Krimi im Kopf, sondern plötzlich auch Lust, diese Geschichte zu Papier zu bringen.

Peter Grau

Spurlos verschwunden

Ein Schweizer Krimi

Bibliografische Information der Deutschen Nationalbibliothek:
Die Deutsche Nationalbibliothek verzeichnet diese Publikation in der Deutschen Nationalbibliografie; detaillierte bibliografische Daten sind im Internet über dnb.dnb.de abrufbar.

Herstellung und Verlag:
BoD – Books on Demand, Norderstedt

ISBN: 978-3-7412-8152-5

Für Janine

Die wichtigsten Personen

Markus Goldbacher	Leiter der Kriminalpolizei
Luca Bertoldi	Assistent von Markus Goldbacher
Claudia Weber	Kriminaltechnikerin
Thomas Baumann	Kommandant der Kantonspolizei
Lea Zurkirchen	Empfang / Zentrale der Kantonspolizei
Dominic Bader	Streifenpolizist
Sarah Landolt	Streifenpolizistin
Alexandra Egger	Staatsanwältin
Norbert Sommer	Gerichtsmediziner
Stefan Oberli	Kriminalpsychologe
Ursula Matzinger	Justizdirektorin
Ivana Gobec	Coiffeuse und begeisterte Joggerin
Angela Macarro	Beste Freundin von Ivana Gobec
Urs Nagel	Ex-Freund von Ivana Gobec
Annemarie Michel	Chefin von Ivana Gobec
Sandra Casellini	Arbeitskollegin von Ivana Gobec
Sascha Bolliger	Freund von Angela Macarro
Beat Furrer	Abteilungsleiter Silbertal Versicherung
Barbara Furrer	Ehefrau von Beat Furrer
Florian Tschudi	Geschäftsführer Silbertal Versicherung
Nicole Jufer	Assistentin von Beat Furrer
Luis Favalli	Stellvertreter von Beat Furrer
Sylvia Meyer	Rentnerin und aufmerksame Spaziergängerin

Der Kantonshauptort und seine Umgebung

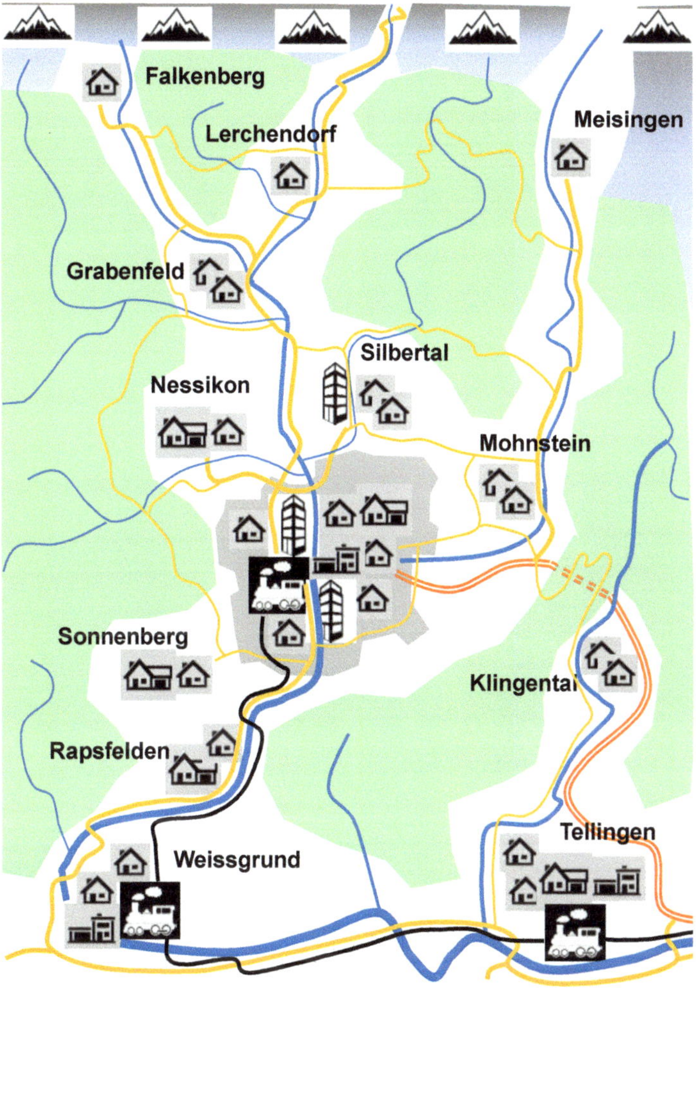

Prolog

Ivana Gobec drückte die Play-Taste. Dann befestigte sie ihren MP3-Player am türkisblauen Jogging-Shirt. »One, two, three, four, five, everybody in the car, so come on let's ride«, begann Lou Bega seinen Song „Mambo No. 5", während Ivana die Strasse hinunter lief.

»A little bit of Monica in my life, a little bit of Erica by my side…«. Es war nicht gerade ihre Lieblingsmusik, aber ein wunderbarer Rhythmus fürs Jogging. Beschwingt erreichte sie schon nach wenigen Minuten den Stadtrand und folgte der Nebenstrasse, die leicht bergauf in den Wald führte. Bei der erstbesten Gelegenheit bog sie auf einen kleinen Fussweg ab.

Trotz angenehmen Temperaturen schien kein Mensch am frühen Abend im Wald unterwegs zu sein. Erst als sie nach einer Dreiviertelstunde eine Weile auf der breiten Waldstrasse lief, sah sie wieder ein Zeichen menschlichen Lebens: Ein grauer VW Golf Kombi stand an der Abzweigung zu einem Forstweg.

Wahrscheinlich jemand, der eine Runde mit dem Hund machen muss, dachte sie, als sie sah, dass das Auto leer war.

Ivana Gobec lief weiter in Richtung der nahe gelegenen Waldhütte. Sie war gut gelaunt, denn sie konnte nicht wissen, wie dieser Sonntagabend enden würde.

Montag, 2. Mai, Vormittag

Als ich um 7:20 Uhr um die Ecke kam und plötzlich freie Sicht auf das Gebäude hatte, blieb ich kurz stehen und blickte auf das grosse alte Haus. Hier würde ich also voraussichtlich die nächsten Jahre arbeiten. Hier würde ein wesentlicher Ort sein für meinen Neuanfang nach der Trennung von meiner Freundin und dem Wegzug aus der Grossstadt, in der ich aufgewachsen war.

Mit einer leicht nervösen Anspannung brachte ich die letzten hundert Meter hinter mich, passierte das Schild mit der Aufschrift »Kantonspolizei« und öffnete die alte Holztür. Am Empfangsschalter im Eingangsbereich des Gebäudes sass eine junge Frau mit langen blonden Haaren, einer schlichten Brille und Sommersprossen. Sie musterte mich kritisch.

»Guten Morgen, mein Name ist Markus Goldbacher«, stellte ich mich vor. »Ich habe heute meinen ersten Arbeitstag hier und habe um halb acht einen Termin mit Herrn Baumann.«

Sofort hellte sich ihre Miene auf: »Ach ja genau, der Nachfolger von Hans Spörri! Herzlich Willkommen, ich bin Lea. Weisst du: abgesehen vom Kommandanten sind wir hier alle per Du. Du musst einen Moment warten. Bis du deinen Badge hast, kannst du dich im Gebäude nicht allein bewegen. Aber der Kommandant hat mir gesagt, dass er dich um 7:30 Uhr hier abholt.«

Pünktlich um halb acht kam Thomas Baumann, der grossgewachsene Kommandant der Kantonspolizei, zum

Empfangsbereich und begrüsste mich mit einem kräftigen Händedruck: »Ah, mein neuer Kripo-Chef. Guten Morgen, Herr Goldbacher, schön dass Sie hier sind.«

Er führte mich in sein Büro im obersten Stock, wo bereits mein Polizeiausweis, die Dienstwaffe sowie Badge und Autoschlüssel für mich bereitlagen. Während ich diverse Formulare unterschrieb, um den Empfang des Materials zu bestätigen, erläuterte er mir die nächsten Schritte.

»Als Erstes werde ich Sie über die wichtigsten Sachen informieren. Anschliessend gehen wir hinunter in den zweiten Stock zum Büro der Kripo. Da haben Sie dann Zeit, Ihr Team kennenzulernen. Heute Nachmittag machen wir miteinander eine Runde durch alle Abteilungen hier in der Kantonspolizei. Ab morgen früh beginnt Ihre Einarbeitung. Wir haben ein Programm zusammengestellt, damit Ihnen in den ersten drei Wochen alle Abteilungen und die wichtigen Leute vorgestellt werden. Besonders wichtig ist mir auch, dass Sie als Neuzuzüger den Kanton besser kennenlernen. Deshalb werden Sie zum Beispiel morgen Vormittag mit auf Streife gehen.«

Er überreichte mir drei Blätter, von denen jedes einen detaillierten Plan für eine Arbeitswoche enthielt. Während ich, etwas überrascht und beeindruckt von der strukturierten Vorbereitung, die drei Wochenpläne grob überflog, fuhr Baumann schon fort: »Das ist natürlich das Schön-Wetter-Programm. Wir hoffen, dass es ruhig bleibt und Ihr Team in den ersten Wochen weitgehend ohne Sie auskommt, damit Sie sich richtig einarbeiten können. Aber falls etwas Wichtiges dazwischen kommt, hat das natürlich Vorrang.

Dann verschieben wir halt den einen oder anderen Punkt der Einarbeitung in die letzte Maiwoche. Aber ich hoffe jetzt mal, dass das nicht nötig sein wird.«

Während er mich ernst anblickte, fuhr er fort: »Ich habe Ihnen ja schon im Vorstellungsgespräch gesagt, Herr Goldbacher, dass es bei uns auf dem Land ganz anders ist als in der Grossstadt, in der Sie bisher gearbeitet haben. Natürlich gibt es auch bei uns Kriminalität. Deshalb haben wir ja auch eine Kriminalpolizei. Aber das ist sehr viel harmloser als in der Grossstadt. Meiner Meinung nach haben wir hier im Kanton einen achtsameren und respektvolleren Umgang miteinander als Sie es von der Grossstadt gewohnt sind. Man bringt einander nicht gleich um, wenn es mal eine Meinungsverschiedenheit gibt. Das letzte Tötungsdelikt hier im Kanton liegt Jahre zurück.«

»Wissen Sie, Herr Baumann, die Arbeit in der Grossstadt hat auch ihre Schattenseiten. Fast jedes Wochenende gibt es Schlägereinen und Messerstechereien zwischen betrunkenen Jugendlichen. Zum Glück geht es hier nicht so zu und her.«

»Aber ich bin natürlich schon froh, dass Sie die Erfahrung aus der Grossstadt mitbringen, Herr Goldbacher. Das war ein wichtiger Grund, warum ich Sie ausgewählt habe. Wir sind zwar auf dem Land, aber auch nicht völlig abgeschirmt von der grossen weiten Welt. Verzögert und abgeschwächt spüren auch wir etwas davon, wie sich das Leben in den grossen Städten verändert. Ich hoffe, dass wir dank Ihnen besser darauf vorbereitet sind, was noch auf uns zukommen kann.«

Neben dem ruhigen Landleben gab es einen weiteren Grund, der den neuen Job attraktiv für mich machte. Bisher war ich ein einfacher Mitarbeiter einer grossen Kriminalpolizei gewesen. Im neuen Job war ich nun Leiter der Kriminalpolizei. Ein Karrieresprung, auch wenn es sich um eine sehr kleine Kriminalpolizei in einem kleinen Kanton handelte. Nicht dass ich unbedingt eine solche Karriere angestrebt hatte, aber als sich diese Gelegenheit bot, fand ich die Stelle doch sehr verlockend.

»Lassen Sie uns noch über Ihr Team sprechen«, wechselte Baumann das Thema. »Wie Sie wissen, haben Sie als Leiter der Kriminalpolizei zwei Mitarbeiter, nämlich ihren Assistenten und die Kriminaltechnikerin. Ich habe Sie ja Ende März angerufen und Ihnen gesagt, dass der bisherige Assistent Herr Läubli um eine Versetzung gebeten hat und jetzt bei der Regionalpolizei in Tellingen arbeitet.«

»Warum wollte er denn weg?«

»Nicht dass Sie jetzt denken, das hätte etwas mit Ihnen zu tun! Er kennt Sie ja gar nicht. Herr Läubli ist 62 Jahre alt und arbeitet seit fast 30 Jahren bei der Kantonspolizei, die meiste Zeit bei der Kripo zusammen mit Hans Spörri. Letztes Jahr, als Spörris Pensionierung näher rückte, kam er mit dem Anliegen zu mir, für die letzten Jahre vor der Pensionierung einen ruhigeren Job zu übernehmen. Er wollte das Pensum reduzieren und in einem Polizeiposten in einem der Dörfer arbeiten. Eigentlich wäre mein Plan gewesen, dass Läubli noch hier bleibt bis Sie eingearbeitet sind, und erst dann wechselt. Aber dann hat mich der Chef der Regionalpolizei bei der Kadersitzung Anfang Jahr auf einen ausgesprochen fähigen und motivierten Mitarbeiter aufmerksam gemacht, der vielleicht abspringen könnte, wenn er bei uns keine spannendere Aufgabe bekommt.«

Er machte eine kurze Pause. Wahrscheinlich musste er kurz abwägen, ob er mir jetzt schon sagen wollte, warum der Wechsel so rasch vollzogen wurde. »Wissen Sie, Herr Goldbacher, wir stehen unter grossem Spardruck und müssen in den Dörfern Stellen abbauen. Luca Bertoldi arbeitet jetzt hier bei Ihnen. Läubli hat die Stelle von Bertoldi in Tellingen übernommen und gleichzeitig auf 60% reduziert. So sparen wir 40 Stellenprozente ein. Also eine Win-Win-Win-Situation: Neuer Traumjob für Läubli, neuer Traumjob für Bertoldi und Einsparungen für mich.«

Er informierte mich noch darüber, dass Bertoldi in den letzten Wochen meist hier gearbeitet hatte und von Läubli über alle wichtigen Abläufe, Regelungen und Arbeitsinstrumente informiert wurde.

»Und ausserdem haben Sie ja noch Frau Weber. Sie hat zwar als Kriminaltechnikerin einen unabhängigen Aufgabenbereich, aber sie ist schon ein paar Jahre hier und kennt sich auch ganz gut aus.«

»Bei Frau Weber ist es so«, fuhr er fort, »dass Sie zwar Ihnen unterstellt ist und ihren Büro-Arbeitsplatz im Kripo-Büro hat, aber daneben hat sie natürlich auch noch ihr Labor im Keller. Und Frau Weber arbeitet nicht nur für die Kripo, sondern unterstützt auch die übrigen Abteilungen der Kantonspolizei in technischen Belangen.«

Danach führte mich Baumann zum Büro der Kriminalpolizei, um mir mein Team vorzustellen. Als wir das Büro betraten, waren weder Luca Bertoldi noch Claudia Weber in die Arbeit vertieft. Es war offensichtlich, dass beide gespannt darauf warteten, mich kennenzulernen.

»Guten Morgen miteinander. Ich bringe Ihnen Herrn Goldbacher, Ihren neuen Chef.«

»Hallo miteinander, ich bin Markus«, stellte ich mich vor.

Baumann verabschiedete sich und liess mich mit meinem Team allein.

Das Kripo-Büro war ein grosser Raum mit Arbeitsplätzen für Luca Bertoldi, Claudia Weber und mich sowie einem grossen Besprechungstisch. Ausserdem umfasste mein neuer Arbeitsbereich zwei kleine Besprechungszimmer für Befragungen.

Ich setzte mich mit Luca und Claudia zusammen und erzählte ihnen über mich, meine bisherige Arbeit und über die Gründe, hierher zu wechseln.

Luca Bertoldi war mit 28 Jahren sechs Jahre jünger als ich. Das war mir eigentlich ganz recht. Ich hätte es als grosse Herausforderung empfunden, bei meiner ersten Führungsaufgabe einen 62-jährigen Mitarbeiter mit jahrzehntelanger Erfahrung als Assistenten zu haben.

Ich schätzte Luca auf knapp 1.80 Meter. Seine braunen Haare waren schütter. Er hatte schon fast einen Ansatz zur Glatze, was er mit Schnurrbart und Bart kompensierte. Der muskulöse Körper deutete auf regelmässige Besuche im Fitnesscenter hin.

Als Claudia Weber sagte, sie sei 31 Jahre alt, staunte ich ein wenig. Mit ihren leuchtend rot gefärbten Haaren, dem frech wirkenden Kurzhaarschnitt und den Tätowierungen auf beiden Oberarmen wirkte sie eher jünger als Luca.

Ich sagte noch ein paar Worte über Offenheit bei der Zusammenarbeit, die mir in dem Buch über Mitarbeiterführung, das ich in den letzten Tagen quergelesen hatte, einen guten Eindruck gemacht hatten.

Dann fiel mir die spärliche Einrichtung des Büros auf. »Haben wir hier keine Whiteboards, Pinnwände und Flipcharts?«, fragte ich.

Claudia antwortete: »Hatten wir bisher nicht hier. Ist aber kein Problem. Kann ich besorgen. Wie viele brauchst du?«

»Danke, Claudia, je zwei wären toll.«

»Ist gut. Spätestens Ende Woche sind die Sachen da.«

»Und ist es möglich, eine Landkarte des Kantons an die Wand zu hängen? So gross wie möglich.«

»Darum kann ich mich kümmern«, bot Luca an.

»Super, vielen Dank!«

Montag, 2. Mai, Nachmittag

Den ersten Teil des Nachmittags schleppte mich mein neuer Chef kreuz und quer durch die Kantonspolizei, um mich allen vorzustellen. Baumann wurde nicht müde, darauf hinzuweisen, dass meine Erfahrungen aus der Grossstadt sehr nützlich für die hiesige Kantonspolizei sein würden. Ausserdem versprach er allen, dass ich nach der Einarbeitung mit der Kripo-Arbeit sicher nicht voll ausgelastet wäre und die übrigen Abteilungen bei Bedarf unterstützen könnte.

Die Besuche in den einzelnen Abteilungen waren kurz, denn Baumann hatte überall bereits Termine für die nächsten Wochen abgemacht, damit ich die verschiedenen Teams und ihre Aufgaben ausführlicher kennenlernen konnte. Als wir gegen 15 Uhr wieder in sein Büro zurückkehrten, nahm er seinen Mantel und erklärte: »Holen Sie ihre Jacke. Wir haben noch Zeit, rasch einen Besuch bei der Staatsanwältin und beim Gerichtsmediziner zu machen. Wir treffen uns unten beim Empfang.«

Als ich dort ankam, stand er schon bereit. »Frau Zurkirchen haben Sie ja heute Morgen schon kennengelernt.«

»Ja genau. Lea heisst du, nicht wahr?«

Bevor sie antworten konnte, wurde sie durch einen Telefonanruf unterbrochen.

»Kantonspolizei, Zurkirchen, guten Tag… Guten Tag Frau Sonderegger, was kann ich für Sie tun? … Wie sieht er denn aus? … Ist gut, wir schicken so rasch wie möglich jemanden vorbei.«

Ohne Baumann und mich zu beachten, nahm sie Kontakt mit einer Polizeistreife auf. Nachdem sie Standort und Verfügbarkeit geklärt hatte, fragte sie: »Könnt ihr mal in der Fussgängerzone vorbei schauen? Den beiden Verkäuferinnen in der Buchhandlung ist ein Mann aufgefallen, der seit einer Stunde dort auf und ab geht. Sie sagen, er sei nicht von hier. Oder zumindest haben sie ihn noch nie gesehen. Und es wirke, als würde er etwas beobachten oder auskundschaften. Frau Sonderegger, die angerufen hat, meint, er habe es kaum auf die Buchhandlung abgesehen. Aber vielleicht auf eine der Banken, den Juwelier oder das Uhrengeschäft… Eher klein, kurze dunkle Haare, Blue Jeans, schwarze Jacke und eine braune Umhängetasche … Danke und Tschüss.«

Baumann beendete noch kurz die Vorstellung zwischen Lea Zurkirchen und mir. Dann machten wir uns auf den kurzen Weg zur Staatsanwaltschaft.

Die Staatsanwaltschaft befand sich nur zwei Fussminuten vom Polizeigebäude entfernt. Als wir vor dem Haus standen, verliess gerade eine Frau mit langen, blonden Haaren das Haus. Sie war elegant gekleidet und etwa in meinem Alter, also ungefähr Mitte dreissig.

»Hallo Thomas, was willst denn du bei uns?«, fragte sie meinen Chef.

»Guten Tag Alexandra. Eigentlich wollte ich einen Spontanbesuch bei dir machen. Ich wollte dir Markus Goldbacher vorstellen, den neuen Kripo-Chef. Er hat heute seinen ersten Arbeitstag. Aber es sieht aus, als kommen wir ungünstig…«

»Guten Tag Herr Goldbacher. Mein Name ist Alexandra Egger. Ich bin bei der Staatsanwaltschaft in der Regel für die Fälle zuständig, die bei der Kantonspolizei in Ihren Zuständigkeitsbereich fallen.«

»Guten Tag Frau Egger, freut mich, Sie kennenzulernen.«

»Ich bin leider etwas unter Zeitdruck. Ich habe einen Gerichtstermin. Aber wir haben ja nächste Woche einen Termin, wo wir uns besser kennenlernen können. Da kann ich Ihnen auch erläutern, wie bei uns im Kanton alles organisiert ist. Also, bis dann. Ich wünsche Ihnen einen guten Start, Herr Goldbacher.«

»Sorry und Tschüss Thomas«, sagte sie zu Baumann gewandt und hastete davon.

Mehr Glück hatten wir beim letzten Besuch des Tages, der uns zu Norbert Sommer führte. Der grossgewachsene Gerichtsmediziner mit Glatze und Schnurrbart wirkte ausgesprochen sympathisch auf mich. Er bot mir gleich das Du an und zeigte grosses Interesse an meiner bisherigen Tätigkeit. Insbesondere interessierte er sich dafür, wie die Zusammenarbeit zwischen Kriminalpolizei und Gerichtsmedizin in dem grossen Kanton organisiert war, in dem ich bisher gearbeitet hatte.

Anschliessend erzählte uns Norbert Sommer begeistert von seinem Segelurlaub an der südtürkischen Küste, aus dem er zwei Tage zuvor zurückgekehrt war. Da mein Chef schon mehrmals in der Gegend in den Badeferien war, kam es zu einem lebhaften Gespräch zwischen Baumann und Sommer, zu dem ich wenig beitragen konnte.

Selbstverständlich enthielt mein Einführungsprogramm auch einen Termin mit Norbert Sommer. »Wenn ich mich richtig erinnere, ist der Termin übernächste Woche«, sagte Sommer beim Abschied und ergänzte schmunzelnd: »Ich hoffe, das ist dann für längere Zeit das letzte Mal, wo wir beruflich miteinander zu tun haben.«

Dienstag, 3. Mai, Vormittag

Am Dienstagvormittag begleitete ich im Rahmen meiner Einführung eine Polizeistreife. Dominic Bader und Sarah Landolt hatten offensichtlich von Baumann den Auftrag erhalten, mir den Kanton zu zeigen. Das war problemlos in einem halben Tag machbar, denn der Kanton bestand ja nur aus dem Hauptort und rund einem Dutzend Gemeinden. Dazu beträchtliche Landwirtschaftsflächen, grosse Wälder sowie zahlreiche Hügel und Berge. Einerseits ein grosses Gebiet mit zahllosen Möglichkeiten für die Freizeitgestaltung, andererseits eine kleine Bevölkerungszahl. Selbst die Stadt hatte kaum mehr Einwohner als die grossen Quartiere meiner bisherigen Heimatstadt.

Von der Stadt fuhren wir zuerst über die Hauptstrasse nach Tellingen. Diese Strasse war die Hauptverkehrsachse vom Kantonshauptort in die grosse, weite Welt und zurück. Sie führte durch einen Tunnel hinüber ins Klingental und von dort hinunter nach Tellingen, dem Eingangstor in den Kanton.

Auf dem Rückweg nahmen wir die alte Strasse, die dem Flusslauf entlang durch mehrere Dörfer hinauf zur Stadt führte. Anschliessend fuhren wir noch weiter bergauf, jeweils ein Stück weit in die verschiedenen Täler. In diesen Tälern gab es weitere Dörfer, die ich bisher bestenfalls dem Namen nach kannte.

Unterwegs fand ich zufällig im Gespräch heraus, dass es Dominic Bader und Sarah Landolt waren, die am Vortag zur Buchhandlung in der Fussgängerzone geschickt wurden, um der Meldung über einen verdächtigen Passanten nachzugehen. »Ich habe zufällig davon gehört«, sagte ich. »Ich stand gerade bei Lea Zurkirchen als der Anruf kam. Was ist daraus geworden?«

»Wir sahen den Mann, als wir in die Fussgängerzone kamen. Aber dann ging er rasch in eine Seitengasse und als wir dort ankamen, war er verschwunden. Vielleicht täusche ich mich, aber ich glaube, er hat uns gesehen und sich deshalb aus dem Staub gemacht«, erzählte Sarah Landolt.

»Und dann?«

»Wir haben natürlich versucht, ihn zu finden, um ihn zu überprüfen. Aber leider ohne Erfolg. Wir haben dann noch die beiden Verkäuferinnen der Buchhandlung befragt, am Bahnhof und in den umliegenden Quartieren nach ihm gesucht. Aber wir haben ihn nicht mehr gesehen.«

»Wenn er wirklich etwas im Schild geführt hat, ist es uns offensichtlich gelungen, ihn abzuhalten und zu vertreiben. Schliesslich hat es bis heute Morgen keine Meldung über einen Diebstahl oder Einbruch gegeben«, ergänzte Dominic Bader. Es klang, als versuche er, den Misserfolg schönzureden.

Ich konnte seine Selbstzufriedenheit nicht teilen. Aber ich sagte nichts. Man will ja nicht schon am zweiten Arbeitstag als arroganter Besserwisser rüberkommen.

Nach der Kaffeepause fuhren die beiden Streifenpolizisten mit mir durch die Stadt. Sie zeigten mir die Orte, die aus polizeilicher Sicht die grösste Bedeutung hatten. Dazu gehörte insbesondere der Park, wo die Randständigen der Kleinstadt anzutreffen sind. Obschon die Zahl der

Alkoholiker und Drogensüchtigen in der Stadt vergleichsweise klein war, kam es immer wieder zu verbalen und tätlichen Auseinandersetzungen.

Natürlich gab es auch Drogenhandel in der Stadt, allerdings in geringem Ausmass. »Das spielt sich meist nicht im Park selbst ab«, erklärte Dominic Bader, »sondern in den umliegenden Quartieren sowie beim Bahnhof. Unser Fokus ist vor allem zu verhindern, dass sich Dealer und Süchtige in den Schulanlagen oder auf Spielplätzen aufhalten.«

Die Diskussion wurde unterbrochen, weil sich Lea Zurkirchen von der Zentrale bei Dominic und Sarah erkundigte, ob ich bei ihnen sei. »Könnt ihr ihn so rasch wie möglich hier vorbei bringen?«, fragte sie. »Wir haben eine Vermisstmeldung, die etwas Ernsthaftes sein könnte.«

Als ich zehn Minuten später ins Kripo-Büro trat, war Claudia Weber gerade daran, die von Luca Bertoldi beschaffte Landkarte an die Wand zu hängen. Sie deutete stumm auf eines der beiden Befragungszimmer. Als sie meinen Blick bemerkte, sagte sie: »Ich dachte, ich hänge die Karte schon mal auf. Vielleicht brauchst du sie schneller als es dir lieb ist.«

Ich klopfte an die Tür des Besprechungszimmers. Luca trat heraus, schloss die Tür hinter sich und informierte mich kurz über den Stand: »Ivana Gobec, eine 28-jährige Coiffeuse, ist heute nicht zur Arbeit erschienen. Weil sie auch seit Tagen nicht in WhatsApp war, sind ihre Eltern und ihre beste Freundin bei ihr zu Hause vorbeigegangen. Keine Spur von ihr. Ein Nachbar hat gesehen, dass sie am Sonntagabend joggen ging. Und seither hat er sie nicht mehr gesehen. Jetzt machen sich die Eltern und die beste Freundin Sorgen und sind hierher gekommen. Ich habe schon beim Kantonsspital nachgefragt. Dort ist sie nicht.«

Zusammen mit Luca betrat ich das Besprechungszimmer. »Das ist Kommissar Goldbacher, der Leiter der Kriminalpolizei«, stellte mich Luca vor. »Und das sind Herr und Frau Gobec, die Eltern, und Frau Macarro, die beste Freundin von Ivana Gobec.«

Ich begrüsste alle und fragte nach den letzten Kontakten mit der Vermissten. Bei den Eltern war es ein Telefongespräch, das schon eine Woche zurücklag. Sie erklärten mir, dass ihre Tochter etwa einmal pro Monat vorbei komme und alle ein bis zwei Wochen anrufe. Angela Macarro hatte Ivana am Samstag gesehen: »Wir haben uns am Nachmittag zum Shoppen und Kaffee trinken getroffen. Am Sonntag haben wir noch ein paar WhatsApp hin und her geschickt.«

»Und seither?«

»Nichts mehr! Das ist sonderbar. Normalerweise haben wir jeden Tag Kontakt. Eigentlich hätte ich früher bemerken müssen, dass etwas nicht stimmt. Aber dummerweise ist mir am Montag das Handy runtergefallen. Ich habe es zur Reparatur gebracht und erst heute auf dem Weg zur Arbeit wieder abgeholt. Deshalb habe ich erst gemerkt, dass sie seit Sonntag nicht in WhatsApp und Facebook war, als mich Sandra Casellini heute Vormittag angerufen hat. Ich habe dann die Eltern von Ivana angerufen.«

»Sandra Casellini…«

»… ist eine Arbeitskollegin von Ivana. Als Ivana heute nicht zur Arbeit kam und auf dem Handy nicht erreichbar war, hat sie mich angerufen, weil sie weiss, dass ich engen Kontakt mit Ivana habe.«

»Hat Ivana einen Freund?«

»Im Moment nicht. Sie hatte einen, aber der hat sie vor etwa drei Monaten verlassen.«

»Geschwister oder andere Personen, zu denen sie engen Kontakt hat?«, wandte ich mich an die Eltern.

Die Mutter begann zu weinen und der Vater erklärte: »Ivana hatte einen älteren Bruder. Aber er ist schon als kleiner Junge gestorben. Er wurde im Kroatienkrieg von Bombensplittern getroffen. Danach sind wir mit Ivana in die Schweiz geflohen.«

»Kann es sein, dass sie spontan für ein paar Tage irgendwo hingefahren ist, ohne jemandem etwas zu sagen?«

»Glaube ich nicht«, sagte Angela Macarro kopfschüttelnd, »das ist nicht ihre Art. Und wenn, hätte sie sicher das Handy mitgenommen.«

»Sind Sie sicher, dass Ivana das Handy nicht bei sich hat?«

»Ja, wir haben es in ihrer Wohnung gesehen.«

»Sie waren in Ivanas Wohnung?«

»Ja, vorhin, zusammen mit Herrn und Frau Gobec. Sie haben einen Schlüssel zur Wohnung. Wir haben uns dort getroffen, in der Wohnung nach Ivana gesucht und dann noch mit dem Nachbarn gesprochen.«

»Mein Kollege hat mir gesagt, dass der Nachbar gesehen hat, dass sie joggen ging. Geht Ivana häufig joggen?«

»Oh ja, mindestens drei Mal pro Woche. Und fast jeden Tag ins Fitness. Sie ist eine richtige Sportskanone.«

»Und wo joggt sie? Hat sie eine Standard-Laufstrecke?«

»Nein, sie braucht Abwechslung. Immer andere Strecken, einmal kurz, einmal lang, manchmal flach und dann wieder eine Strecke, die viel bergauf und bergab geht.«

»Gehen Sie manchmal mit ihr joggen?«

»Oh nein! Ich habe das vor ein paar Jahren mal probiert, aber erstens läuft Ivana viel schneller als ich und zweitens ist Joggen nicht so mein Ding. Ich bin mehr die Tänzerin als die Läuferin.«

Wir notierten uns die Adresse von Ivana Gobec, den Namen des Nachbarn und den Arbeitsort der Vermissten. Ausserdem liessen wir uns einige Fotos von Ivana geben, welche die Eltern und Angela Macarro auf ihren Handys gespeichert hatten. Die Bilder zeigten eine attraktive Frau mit langen schwarzen Haaren. Aufgrund der Bilder hätte ich sie eher ein paar Jahre jünger als 28 geschätzt. Auffallend auf den Fotos war auch der moderne, elegante Kleidungsstil, der einen starken Kontrast zum Erscheinungsbild ihrer Eltern bildete.

Die Eltern überliessen uns den Wohnungsschlüssel. Ich bat die drei, uns sofort Bescheid zu geben, falls sie etwas von Ivana hören würden, und verabschiedete sie mit dem Versprechen, alles zu tun, um Ivana rasch zu finden.

Eigentlich wäre nun Zeit fürs Mittagessen gewesen. Stattdessen setzte ich mich mit Luca und Claudia zusammen, um das weitere Vorgehen zu besprechen.

»Luca, du gehst beim Coiffeursalon vorbei, wo Ivana arbeitet. Sprich mit der Chefin und den Arbeitskolleginnen. Frag auch nach Kundinnen, die Ivana näher kennen. Und du, Claudia, kommst mit mir zur Wohnung. Vielleicht finden wir dort Hinweise. Anschliessend treffen wir uns wieder hier.«

Bevor ich mich mit Claudia auf den Weg machte, rief ich noch den Chef der Verkehrspolizei an und sagte den Besuch in seiner Abteilung ab, der für den Nachmittag auf meinem Einführungsprogramm stand.

Erwartungsgemäss öffnete niemand, als wir an der Wohnungstür von Ivana Gobec klingelten. Wir öffneten die Wohnung mit dem Schlüssel, den wir von den Eltern erhalten hatten. Weil zuvor die Eltern und Angela Macarro in der Wohnung gewesen waren, waren wir vorsichtig mit der Interpretation dessen, was wir antrafen. Wir wussten ja nicht, was die drei bei der Suche in der Wohnung verändert hatten. Auf jeden Fall sahen wir keine Einbruchspuren und auch sonst nichts, was auf ein aussergewöhnliches Ereignis hindeutete oder einen Hinweis auf den Aufenthaltsort der Vermissten gegeben hätte. Das Handy von Ivana Gobec lag auf dem Küchentisch.

»Claudia, ich spreche mal mit dem Nachbarn, von dem Frau Macarro gesprochen hat. Schaust du dich noch weiter in der Wohnung um, ob dir etwas auffällt, was uns weiterhelfen könnte?«

»Soll ich eine Haarbürste oder sonst etwas mitnehmen, um ein DNA-Profil zu erstellen?«

»Ja, gute Idee. Hoffentlich brauchen wir es nicht… Nimm auch das Handy mit. Und wenn du raus gehst, versiegelst du die Wohnung.«

»Ok, mache ich.«

Als ich ein Stockwerk tiefer bei Sophie und Frank Graf klingelte, dauerte es nur wenige Sekunden, bis mir ein älterer Mann die Türe öffnete.

»Sind Sie von der Polizei?«

Ich zeigte meinen Ausweis, stellte mich vor und wurde freundlich ins Wohnzimmer gebeten, wo eine grosse, gut ernährte Rentnerin auf dem Sofa sass.

»Wir haben damit gerechnet, dass Sie kommen«, erklärte Herr Graf, »weil vorhin ja schon die Eltern und die Kollegin von Frau Gobec da waren.«

»Wann haben Sie Frau Gobec zuletzt gesehen?«

»Haben sie Ihnen das nicht erzählt? Ich habe am Sonntagabend gesehen, dass sie joggen gegangen ist.«

»Haben Sie mit ihr gesprochen?«

»Nein, ich habe zufällig aus dem Fenster geschaut und gesehen, wie sie weggejoggt ist.«

»Aber Sie wissen nicht, ob Frau Gobec vom Joggen zurückgekehrt ist oder nicht?«

»Also, ganz sicher wissen wir es natürlich nicht. Wir haben ja auch nicht darauf geachtet. Aber wir haben vorhin darüber gesprochen und sind eigentlich sicher, dass wir es bemerkt hätten, wenn sie zurückgekommen wäre.«

»Wissen Sie«, schaltete sich nun Frau Graf ein, »das ist ein altes Haus. Man hört Geräusche relativ gut. Und wenn Frau Gobec joggen geht, dann duscht sie anschliessend. Das hört man. Auch den Fernseher hört man. Und wir können uns nicht erinnern, dass wir etwas gehört haben, seit Frau Gobec am Sonntag joggen ging.«

»Und wir sind ja alte Leute und fast immer zu Hause. Wenn Frau Gobec am Sonntagabend oder gestern zu Hause gewesen wäre, hätten wir bestimmt etwas gehört«, ergänzte Herr Graf. »Aber aufgefallen ist uns beiden das erst heute Morgen, als die Eltern von Frau Gobec hier waren. Wissen Sie, wir achten ja nicht ständig auf diese Geräusche.«

»Können Sie sich erinnern, um welche Uhrzeit Frau Gobec am Sonntag joggen ging?«

»Ich habe nicht auf die Uhr geschaut, aber es muss etwa um 18 Uhr gewesen sein. Jedenfalls kurz nach Ende des Fussballspiels im Fernsehen.«

»In welche Richtung ist sie gelaufen?«

»Na da die Strasse hinunter. Ist ja logisch. Das ist eine Sackgasse hier. Am oberen Ende geht es nicht weiter.«

»Und Sie sind sicher, dass sie joggen ging und nicht sonst gerannt ist, zum Beispiel weil sie in Eile war?«

»Ja, ganz sicher. Sie geht ja häufig joggen. Und am Sonntag hatte sie auch Joggingkleider an und den Kopfhörer, den sie meistens trägt, wenn sie joggt.«

»Was für Joggingkleider trug sie?«

»Dunkle, kurze Hosen und … ich glaube das T-Shirt war türkisblau.«

»Und der Kopfhörer?«

»Das ist kein richtiger Kopfhörer. Nur so Ohrstöpsel, wie sie viele junge Leute anhaben, wenn sie im Zug sitzen und mit dem Handy Musik hören.«

»Danke. Ich muss kurz in die Wohnung von Ivana hinauf. Darf ich in einer Minute nochmals zu Ihnen kommen?«

Claudia wollte oben gerade die Wohnung versiegeln. Ich bat sie, noch einige Minuten in der Wohnung zu bleiben, umherzugehen, die Dusche und danach den Fernseher laufen zu lassen, eine Pfanne auf den Herd zu stellen und so weiter. Unten in der Wohnung von Herrn und Frau Graf achtete ich darauf, was man hört und wie gut. Tatsächlich war die Dusche unüberhörbar. Beim Fernseher war es nicht so schlimm: Wenn ich aufmerksam war, hörte ich, dass jemand spricht, konnte aber kein Wort verstehen. Die Küchengeräusche hörte man gut, Schritte und andere Geräusche hingegen gar nicht.

Dienstag, 3. Mai, Nachmittag

Als Claudia und ich zurück ins Teambüro kamen, war Luca am Telefon. Nachdem er seinen Anruf beendet hatte, erklärte er: »Ich habe noch fünf weitere Spitäler in der Umgebung angerufen. Nichts. Und die Polizeimeldungen liefern auch keine Hinweise. In der ganzen Schweiz wurde in den letzten Tagen keine Frauenleiche gefunden. Und auch sonst nichts, was uns weiterhelfen könnte. Einzig ein Bericht von unserer Streifenpolizei könnte interessant sein: Sarah und Dominic wurden gestern Nachmittag in die Fussgängerzone gerufen, weil sich ein Mann sonderbar verhalten hat.«

»Ich habe davon gehört. Wahrscheinlich war das jemand, der für einen Einbruch oder einen Überfall auf ein Geschäft ausgekundschaftet hat. Ich glaube nicht, dass das etwas mit unserem Fall zu tun hat.«

Wir berichteten Luca über unsere Erkenntnisse und er erzählte von seinem Besuch am Arbeitsplatz von Ivana Gobec: »Das ist ein Damen-Coiffeursalon. Ich habe mit der Inhaberin Annemarie Michel gesprochen und mit Sandra Casellini, der Arbeitskollegin, die Angela Macarro angerufen hat. Ivana Gobec arbeitet seit fünf Jahren dort. Am Anfang 100%, seit etwa zwei Jahren nur noch 60%. Frau Michel war nicht glücklich, dass Ivana das Pensum reduzieren wollte, bewilligte es aber, weil sie bei den Kundinnen beliebt ist. Ivana hat letzten Freitag gearbeitet. Am Samstag hatte sie frei und Montag war geschlossen. Heute hätte sie um 9:00 Uhr anfangen sollen. Als sie nicht kam, hat Frau Michel versucht, sie auf dem Handy zu erreichen. Weil sie eine halbe Stunde später immer noch nicht da war und auch auf dem Handy nicht erreicht werden konnte, hat Sandra Casellini mit ihrem eigenen Handy geprüft, wann Ivana zum letzten Mal etwas in Facebook gepostet hat und wann sie zum letzten Mal in WhatsApp online war. Da hat sie sich Sorgen gemacht. Sie kennt Angela Macarro nicht näher, weiss aber, dass es die beste Freundin von Ivana ist. Und sie weiss, wo sie arbeitet.«

»Hat Ivana Gobec mit anderen Angestellten oder mit Kundinnen engeren Kontakt?«

»Nein. Frau Michel und Frau Casellini sagen, dass sie nichts in dieser Richtung wissen.«

»Also gut«, lenkte ich das Gespräch auf das weitere Vorgehen, »wir müssen beginnen, nach Ivana Gobec zu suchen. Wir sollten herausfinden, wohin sie gejoggt sein könnte, und diese Routen absuchen. Dazu brauchen wir Unterstützung.«

»Mein Vorgänger Martin Läubli hat mit die Adresse eines privaten Hundeführers gegeben, den man aufbieten kann, wenn man einen Spürhund braucht«, brachte Luca ein.

Und Claudia ergänzte: »Ich habe sicherheitshalber ein paar getragene Kleider aus dem Wäschekorb in der Wohnung von Ivana Gobec mitgenommen. Dann hat der Hund etwas, woran er schnüffeln kann. Übrigens gibt es bei der Verkehrspolizei ein paar Mitarbeiter, die regelmässig über Mittag joggen gehen. Die können uns sicher Auskunft über die beliebtesten Joggingrouten geben.«

Ich informierte meinen Chef, den Polizei-Kommandanten Thomas Baumann, über die Vermisstmeldung und bat um Unterstützung für die Suchaktion. Er zögerte keine Sekunde und versicherte mir, dass die Mitglieder der Jogginggruppe der Verkehrspolizei in wenigen Minuten in unserem Teambüro sein würden. Und danach würde er alle Leute zusammentrommeln, die für eine Suchaktion am Nachmittag verfügbar wären.

Anschliessend rief ich die Staatsanwältin Alexandra Egger an. Wir vereinbarten, dass sie nach der Suchaktion zu uns kommen würde, falls dann ein Verbrechen immer noch als wahrscheinlich einzuschätzen wäre.

In der Zwischenzeit hatte Luca Bertoldi den Hundeführer aufgeboten und Claudia Weber machte sich mit den eingepackten Kleidern auf den Weg zur Wohnung der Vermissten, um den Hundeführer dort zu treffen.

Nur wenige Minuten später konnte ich im Kripo-Büro drei Mitarbeiter der Verkehrspolizei begrüssen, die regelmässig über Mittag miteinander joggen gingen.

»Danke, dass ihr so rasch gekommen seid«, begann ich und hängte ein Foto der Vermissten an die Wand. »Wir suchen nach Ivana Gobec, 28 Jahre alt. Sie ging am Sonntagabend um etwa 18 Uhr von ihrer Wohnung aus joggen und ist offenbar nicht zurückgekehrt. Wir wissen, dass sie etwa drei Mal pro Woche joggen geht, unterschiedlich lange und auf unterschiedlichen Routen. Leider wissen wir nicht, wohin sie am Sonntag gelaufen ist. Wir werden heute Nachmittag eine Suchaktion machen und müssen festlegen, wo wir suchen wollen. Überlegt euch bitte, welche Strecke Ivana Gobec gerannt sein könnte. Wo würdet ihr laufen gehen, wenn ihr an der Neudorfstrasse wohnen und euch am Sonntag um 18 Uhr auf den Weg machen würdet?«

Nach kurzer Diskussion kamen die drei Männer zum Ergebnis, dass ihnen eine Laufdauer zwischen einer halben Stunde und zwei Stunden plausibel erschien. In dieser Zeit hätte Ivana Gobec nach ihrer Einschätzung durchaus bis zu 25 Kilometer weit rennen können.

Wir einigten uns auf die Annahme, dass Ivana Gobec nach spätestens zwei Stunden wieder zu Hause sein wollte und sich deshalb höchstens etwa 12 Kilometer von ihrer Wohnung entfernt hatte. Als ich einen entsprechenden Kreis auf die Landkarte zeichnete, umfasste dieser nicht nur einen beträchtlichen Teil des Kantons, sondern auch noch angrenzende Gebiete.

»Rund 450 Quadratkilometer«, rechnete Luca aus. »Wenn man daran denkt, dass wir auch in den Wäldern ein relativ dichtes Wegnetz haben, dann sind das über tausend Kilometer Strassen und Wege.«

Nun begannen die drei Verkehrspolizisten, mögliche Laufstrecken in diesem Gebiet zu identifizieren. Es zeigte sich schnell, dass alle Fuss- und Radwege entlang von Flüssen und Bächen zu ihren Favoriten gehören. Aber auch Feldwege sowie Routen durch Wälder waren beliebt. Hier zeigte sich die Schwierigkeit, dass es oft mehrere parallel laufende Routen gab.

Nach einer knappen halben Stunde hatten wir uns auf 17 Routen bzw. Abschnitte geeinigt, die abgesucht werden sollten. Ausserdem hatten die drei Verkehrspolizisten angegeben, welche der Routen man mit dem Auto kontrollieren konnte und welche nicht. Für sechs Routen war wegen schmalen Wegen eine Kontrolle mit Fahrrad oder Motorrad angezeigt.

Inzwischen hatte der Polizeikommandant Thomas Baumann alle verfügbaren Polizistinnen und Polizisten zusammentrommeln lassen. Wir bildeten Zweierteams und teilten die Strecken zu. Kurz vor 15 Uhr brachen die Suchtrupps auf.

Luca und ich blieben im Teambüro, um auf die Rückmeldungen zu warten. In der Zwischenzeit rief ich Angela Macarro an.

»Goldbacher, Kriminalpolizei, guten Tag Frau Macarro.«

»Haben Sie Ivana gefunden?«

»Nein, leider noch nicht. Wir haben eine grosse Suchaktion gestartet, aber bisher noch nichts gefunden. Ich wollte Sie noch fragen, ob Ihnen noch etwas eingefallen ist, was uns bei der Suche helfen könnte.«

»Äh, nein, eigentlich nicht. Woran denken Sie?«

»Können Sie sich vorstellen, dass Ivana Gobec vielleicht absichtlich nicht zurückgekommen ist?«

»Meinen Sie, ob sie sich umgebracht haben könnte?«

»Oder, dass sie ein Problem hat und sich irgendwo versteckt.«

»Nein, kann ich mir beides nicht vorstellen. Ivana ist keine Spur depressiv. Und wenn sie ein Problem hat, dann packt sie das immer sofort an. Ich kann mir nicht vorstellen, dass sie vor etwas davon läuft. Das Einzige, was ich mir vorstellen kann, ist, dass sie überfallen worden ist oder einen Unfall hatte.«

»Könnte es jemand auf Frau Gobec abgesehen haben? Hat sie Feinde?«

»Ivana? Nein, eigentlich nicht. Also, natürlich, sie sieht gut aus und bekommt in der Regel, was sie will. Manche Frauen reagieren da etwas neidisch. Und bei Männern hat es sicher das eine oder andere gebrochene Herz gegeben. Aber alles ganz normal. Ich kann mir wirklich nicht vorstellen, dass jemand aus dem Bekanntenkreis Ivana etwas Böses will.«

»Noch eine andere Frage: Der Nachbar sagt, Ivana höre immer Musik beim Joggen. Nimmt sie denn da nicht ihr Handy mit?«

»Nein, sie hat einen MP3-Player, den sie zum Joggen und im Fitnessstudio benützt.«

»Schade, wenn sie das Handy mitgenommen hätte, wäre es viel einfacher, sie zu finden.«

Danach rief ich auch die Eltern der Vermissten an, erfuhr dabei aber nichts, was für die Suche hilfreich war. Anna und Damir Gobec machten sich offensichtlich grosse Sorgen um ihre Tochter. Doch ich hatte den Eindruck, dass sie wenig über Ivana wussten. Wenig über den Alltag und wenig darüber, was Ivana beschäftigte. Übermässig erstaunt war ich nicht, hatte ich doch in meiner beruflichen Laufbahn schon oft Personen befragt, die ihre engen Verwandten nur oberflächlich kannten.

Kurz vor 16 Uhr kamen die ersten Rückmeldungen von Suchteams, die eine Strecke erfolglos überprüft hatten. Auch Claudia Weber rief an: Dem Spürhund war es nicht gelungen, der Witterung von Ivana Gobec zu folgen.

Irgendwann tauschte Thomas Baumann wieder bei uns auf. »Ich habe meine weiteren Termine abgesagt und will mitverfolgen, wie sich das entwickelt. Sie müssen keine Angst haben, dass ich in Zukunft jeden Fall von Ihnen begleite und Sie nicht in Ruhe arbeiten können. Aber Sie sind erst seit gestern hier und dieser Fall ist für uns hier schon sehr ungewöhnlich.«

Bevor ich etwas antworten konnte, kam wieder eine Such-Rückmeldung. Wieder kein Erfolg.

Um 16:30 Uhr waren die 17 potentiellen Joggingstrecken alle abgesucht, ohne dass wir irgendeinen Hinweis erhalten hatten, was mit Ivana Gobec passiert war. Ich rief die Staatsanwältin an. Wenige Minuten später war Alexandra Egger bei uns im Teambüro. Sie bot nicht nur mir, sondern auch Claudia und Luca das Du an.

Zu fünft – Thomas Baumann, Alexandra Egger, Luca Bertoldi, Claudia Weber und ich – setzten wir uns an den Besprechungstisch im Kripo-Teambüro. Ich fasste kurz zusammen, was wir bisher wussten und erläuterte meine Schlussfolgerungen: »Wir haben noch keine Ahnung, was passiert ist und es gibt sehr unterschiedliche Möglichkeiten. Auf den ersten Blick sieht es danach aus, dass es entweder ein Verbrechen, ein Unfall oder ein Selbstmord ist. Da wir keinen Hinweis haben, der auf Selbstmord deutet, und sie auch nicht gefunden wurde, steht für mich ein Überfall oder eine Entführung im Moment im Vordergrund. Aber wir dürfen natürlich andere Optionen nicht vergessen, zum Beispiel dass sie absichtlich untergetaucht ist.«

»Solange wir keine konkreteren Anhaltspunkte haben«, äusserte sich Alexandra Egger, »sollten wir primär die Suche vorantreiben. Ich finde, wir sollten eine Vermisstmeldung in den Medien veröffentlichen.«

»Ist es dazu nicht noch zu früh?«, fragte Baumann. »Damit lösen wir einen riesigen Wirbel aus. Und wir wissen ja noch gar nicht, ob das gerechtfertigt ist. Wollen wir nicht noch einen Tag lang weiter Strassen und Wege absuchen?«

»Ich fände es besser«, entgegnete ich, »schon jetzt eine Vermisstmeldung zu machen. Wenn Ivana Gobec noch lebt, ist unsere Suche ein Wettlauf gegen die Zeit.«

Baumann war zwar nicht begeistert, stimmte aber zu. Wir beschlossen, die Vermisstmeldung noch am Abend zu veröffentlichen, und am Mittwochmorgen auch die intensive Suche durch die Polizei fortzusetzen.

»Meine Sekretärin kann euch bei der Vermisstmeldung helfen«, bot Baumann an. »Sie hat Textvorlagen und kennt die Prozesse für eine solche Meldung. Ihr könnt alles vorbereiten, aber wartet noch, bis ich die Justizdirektorin informiert habe. Frau Matzinger mag es überhaupt nicht, wenn wir an die Öffentlichkeit gehen, ohne dass sie davon weiss.«

Nachdem Ursula Matzinger ihr Einverständnis gegeben hatte, verschickten wir um 17:50 Uhr die Vermisstmeldung an die Medien. Um gewappnet zu sein, falls schnell eine vielversprechende Meldung käme, blieb ich noch bis 20 Uhr im Büro, schickte aber Luca und Claudia nach Hause. »Ich bleibe noch eine Weile hier und veranlasse dann, dass die Telefonzentrale mich anruft, falls in der Nacht etwas Vielversprechendes reinkommt. Ihr könnt ruhig Feierabend machen. Aber ich wäre froh, wenn wir morgen zeitig anfangen könnten. Ist 6:30 Uhr ok?«

Mittwoch, 4. Mai

Als Claudia und Luca am Mittwochmorgen kurz vor halb sieben ins Teambüro traten, hatte ich die gut dreissig Meldungen schon durchgeblättert und gesehen, dass man an der Telefonzentrale richtigerweise entschieden hatte, mich schlafen zu lassen.

»Nichts, was vielversprechend aussieht, und nichts, dem man noch in der Nacht hätte nachgehen können oder müssen. Wie immer in solchen Fällen haben viele Leute angerufen, die irgendwo eine Frau gesehen haben, die ähnlich aussieht wie die Vermisste. Die Leute wollen halt helfen…«

Ich wandte mich an Claudia: »Wie bist du mit deinen Aufgaben im technischen Bereich ausgelastet? Hast du Zeit, uns bei der Abarbeitung der Anrufe zu helfen?«

»Ja, kann ich gut machen. Ich wollte noch die Fingerabdrücke auf dem Handy sichern, das wir aus der Wohnung von Ivana Gobec mitgenommen haben. Aber da das uns kaum weiterhilft, ist es auch nicht so dringend. Und alles, was ich für andere Abteilungen machen sollte, muss eben warten. Das ist alles weniger wichtig als unser Fall.«

Wir gingen die gut dreissig Meldungen kurz durch und legten fest, wer was bearbeiten würde. Anschliessend telefonierte ich kurz mit Baumann, um das Vorgehen bei der Suche durch die Kantonspolizei festzulegen. Danach bestellten wir wieder die Jogger von der Verkehrspolizei zu uns und legten zusammen mit ihnen weitere 24 potentielle Joggingstrecken als Suchrouten fest. Nachdem Claudia die Liste dieser 24 Strecken ins Intranet gestellt hatte, verschickte Baumann ein Mail an alle Mitarbeitenden der Kantonspolizei mit der Aufforderung, sich nach Möglichkeit so zu organisieren, dass man im Rahmen der normalen Tätigkeit die eine oder andere Suchstrecke überprüfen konnte. Claudia hatte die Intranet-Liste so gestaltet, dass für alle sichtbar war, ob schon jemand die Zuständigkeit für eine bestimmte Strecke übernommen hatte. Und auch den Abschluss der Suche musste man online eintragen. So hatten wir jederzeit den Überblick darüber, wie die Suche voran kam.

In der Zwischenzeit begannen wir, die Hinweise abzuarbeiten, die aufgrund der Vermisstmeldung eingetroffen waren. Ich rief zuerst einen Mann namens Hanspeter Gruber an. Diese Meldung hatte ich zu mir genommen, weil der Mann in der Grossstadt wohnte, in der ich bis vor wenigen Tagen gelebt hatte.

Gruber arbeitete in der Marketingabteilung einer Grossbank und war am Montagmorgen um 7:10 Uhr mit Swiss für eine Sitzung nach London geflogen. »Die Frau, die Sie suchen, war in diesem Flugzeug. Da bin ich mir ganz sicher. Sie ist mir aufgefallen. Sie sieht ja wirklich sehr gut aus.«

»Darf ich Ihnen einen Link mailen, wo Sie das Bild nochmals sehen können, das Sie im Fernsehen gesehen haben? Und zwei weitere Fotos der Vermissten?«

Er gab mir seine Mail-Adresse, ich schickte ihm den Link zur Vermisstmeldung auf der Internetseite der Kantonspolizei und nur wenige Sekunden später sagte er aufgeregt: »Ja genau, Herr Goldbacher, das ist sie, ich bin mir ganz sicher.«

»Haben Sie mit ihr gesprochen?«

»Nein, sie sass weiter vorne. Ich habe nur die Aussicht genossen.« Er lachte laut.

»Wissen Sie die Sitznummer?«

»Keine Ahnung. Sie sass zwei Reihen weiter vorne als ich, rechts am Gang.«

»Und ihre Sitznummer?«

»Weiss ich auch nicht mehr. Ich war irgendwo in der Mitte des Flugzeugs, links, ebenfalls am Gang.«

Ich rief die Fluggesellschaft an. Es stellte sich heraus, dass Gruber Sitzplatz 12C hatte. Zwei Reihen weiter vorne, auf der anderen Seite des Gangs, musste demzufolge 10D sein. Das Ticket für diesen Platz war auf den Namen Ewa-Sharon Röthlisberger ausgestellt. Da bei einem Flug nach London auch der Ausweis kontrolliert und der Name mit dem Flugschein abgeglichen wird, war die Frau also ziemlich sicher auch mit einem Ausweis gereist, der auf den Namen Ewa-Sharon Röthlisberger lautete. Entweder war die Frau im Flugzeug also tatsächlich Ewa-Sharon Röthlisberger, oder Ivana Gobec war mit einem falschen Ausweis gereist.

Glücklicherweise hatte die Frau auf Sitz 10D einen ungewöhnlichen Vornamen. So schaffte ich es rasch, im Internet ein Bild von Ewa-Sharon Röthlisberger zu finden. Eine gewisse Ähnlichkeit mit Ivana Gobec konnte man problemlos erkennen, aber es war ganz eindeutig nicht die gleiche Frau. Also rief ich Gruber nochmals an, schickte ihm das Bild von Ewa-Sharon Röthlisberger und plötzlich wurde er unsicher.

So erging es Luca, Claudia und mir immer wieder. Die Leute sahen die Vermisstmeldung im Fernsehen, hatten ein grosses Bedürfnis zu helfen, aber leider eine nicht so gute Beobachtungsgabe oder Erinnerung. So sammelten sich bei uns Anrufe, die seriös überprüft werden mussten, aber uns am Ende nicht weiter brachten. Allein die Überprüfung der Meldung von Hanspeter Gruber hatte über eine halbe Stunde beansprucht.

Einer der Anrufe aufgrund der Vermisstmeldung kam von Urs Nagel. Er gab an, der Ex-Freund von Ivana Gobec zu sein. »Wahrscheinlich bin ich keine grosse Hilfe für Sie, Herr Goldbacher«, sagte er mir am Telefon, »ich habe Ivana seit mindestens vier Wochen nicht gesehen. Aber ich dachte, ich rufe trotzdem an, damit Sie nicht lange suchen müssen, falls Sie etwas von mir wissen müssen.«

»Danke, dass Sie sich gemeldet haben. Seit wann sind Sie nicht mehr mit Ivana Gobec zusammen?«, fragte ich.

»Seit knapp drei Monaten. Wir haben uns im Februar getrennt. Seither habe ich sie nur noch zwei oder drei Mal von weitem gesehen, aber nicht mehr mit ihr gesprochen. Sie müssen wissen, wir waren nicht lange zusammen, keine vier Monate.«

»Kennen Sie sie schon lange?«

»Nein, überhaupt nicht. Wir haben uns letzten Herbst kennengelernt, rasch verliebt, aber nach ein paar Monaten war es wieder vorbei.«

»Warum?«

»Ivana hat ein paar Eigenschaften, die mir auf den Geist gingen. Das merkt man halt nicht gleich am Anfang, aber mir war bald klar, dass das langfristig nichts wird mit uns.«

»Was für Eigenschaften meinen Sie?«

»Na ja, am Anfang, wenn man eine Frau attraktiv findet und sich verliebt, ist es ja normal, dass man als Mann die Frau zum Essen einlädt, ihr Geschenke macht und so weiter. Aber als wir dann eine Weile ein Paar waren, fiel mir auf, dass sie erwartete, dass es immer so weitergehen würde. Sie wollte ständig teure Sachen kaufen, Reisen machen und so weiter. Und sie erwartete, dass ich jeweils bezahle. Am Anfang habe ich das auch gemacht, weil sie als Coiffeuse ja nicht so gut verdient wie ich. Aber mit der Zeit kam ich mir etwas ausgenützt vor. Ich hatte den Eindruck, dass sie gar nicht so in mich verliebt war, sondern eher in mein gutes Einkommen. Nachdem ich Bemerkungen in diese Richtung gemacht hatte, gab es erstmals heftigen Streit und danach war nichts mehr wie vorher. Kurz danach habe ich mich von ihr getrennt.«

»Wie hat Frau Gobec reagiert?«

»Ziemlich gleichgültig. Ich glaube, es hat ihr überhaupt nichts ausgemacht. Vielleicht hatte sie ja schon wieder einen anderen.«

»Wieso meinen Sie? Hat sie etwas gesagt.«

»Nein, nein, ich habe das nur vermutet, weil ich den Eindruck hatte, dass es ihr egal ist, dass ich mich trennen wollte.«

»Herr Nagel, wo waren Sie am Sonntagabend?«

»Sind Sie verrückt? Glauben Sie, dass ich etwas mit dem Verschwinden von Ivana zu tun habe?«

»Nein, das glaube ich nicht. Aber ich muss das trotzdem fragen. Reine Routine.«

»Ok. Ich war auf dem Rückweg aus Italien. Ich habe dort mit Kollegen ein Fussballspiel besucht.«

Er gab an, erst nach 23 Uhr zu Hause angekommen zu sein, und nannte mir die Namen und Adressen seiner Kollegen, die mit ihm unterwegs waren.

Claudia, Luca und ich bearbeiteten bis zum Abend die Hinweise, welche aufgrund der Vermisstmeldung nach Ivana Gobec eingegangen waren. Da die Arbeit Zeit beanspruchte und im Verlauf des Tages weitere Hinweise hinzu kamen, wurde der Pendenzenberg nur langsam kleiner.

Leider kamen wir auch nicht wirklich weiter. Kein Anruf brachte konkrete Hinweise, die uns bei der Suche geholfen hätten. Inzwischen hatten unsere Kolleginnen und Kollegen einen grossen Teil der am Morgen definierten potentiellen Joggingstrecken überprüft – doch auch das ohne Erfolg.

Donnerstag, 5. Mai, Vormittag

Am Donnerstagvormittag arbeiteten wir weiter an den Hinweisen zur Suche nach Ivana Gobec. Claudia beendete einen Anruf und wandte sich an mich: »Markus, ich hatte gerade eine Frau aus Weissgrund am Telefon. Sie war am Montagabend mit ihrem Hund im Wald oberhalb des Dorfes. Sie glaubt, Rauch gesehen und gerochen zu haben. Zuerst habe sie an einen Waldbrand gedacht, aber da es gerade zu regnen begann, habe sie keine Sorgen gemacht und nicht mehr daran gedacht, bis sie von der Vermisstmeldung gehört habe.«

»Montagabend, Weissgrund und Waldbrand – das tönt jetzt nicht gerade nach einer vielversprechenden Spur für unseren Fall.«

»Ich weiss. Deshalb wollte ich dich fragen, ob wir der Sache überhaupt weiter nachgehen sollen.«

»Gute Frage…«, sagte ich zögernd, »aber im Zweifelsfall vielleicht lieber etwas zu viel machen als etwas zu wenig. Gib doch bitte der Zentrale die Ortsbeschreibung durch und sag ihnen, ein Streifenwagen solle bei Gelegenheit dort vorbei fahren. Hat aber keine hohe Priorität.«

Claudia nahm den Telefonhörer und versuchte, die Zentrale anzurufen. »Besetzt«, sagte sie. Das wunderte mich nicht, da gleichzeitig mein Telefon klingelte und ich „Zentrale“ auf dem Bildschirm las.

»Hallo Markus«, meldete sich Lea Zurkirchen. »Bei mir ist eine Frau Furrer. Ihr Mann ist seit Montag verschwunden.«

Wenig später empfingen Luca Bertoldi und ich Barbara Furrer in einem unserer Besprechungszimmer.

»Er ist am Montag vom Büro aus zu einer Geschäftsreise ins Tessin aufgebrochen«, erklärte sie besorgt. »In der Firma haben sie erst heute bemerkt, dass er nie dort angekommen ist.«

»Und Sie haben seit Montag nichts mehr von ihm gehört?«

»Nein… Wenn er beruflich unterwegs ist, kommt es manchmal vor, dass wir tagelang kaum Kontakt haben. Zwischendurch mal ein SMS oder so. Wissen Sie, er hat dann meist lange Sitzungen, Geschäftsessen und so. Und kaum Gelegenheit zu telefonieren. Und ich habe ja auch viel um die Ohren, muss ständig eins von den Kindern irgendwo hinfahren oder abholen. Und am Abend gehe ich meist früh schlafen.«

Wir erfuhren im weiteren Verlauf des Gesprächs, dass die Furrers in einem grossen Einfamilienhaus in Sonnenberg lebten, einem Dorf, das aufgrund seiner Südhang-Lage ein beliebter Wohnort für Wohlhabende im Kanton war. Beat Furrer war 45 Jahre alt und Geschäftsleitungsmitglied bei der Silbertal Versicherung, einer der renommiertesten Versicherungen der Schweiz und grösster Arbeitgeber des Kantons. Die Furrers hatten drei Kinder im Teenager-Alter.

»Frau Furrer«, schaltete sich Luca Bertoldi ein, »Sie haben sicher gehört, dass seit ein paar Tagen eine Frau vermisst wird, die hier in der Stadt wohnt. Wir fragen uns natürlich, ob es da einen Zusammenhang gibt. Wissen Sie, ob Ihr Mann Ivana Gobec kennt?«

»Keine Ahnung, er hat den Namen nie erwähnt. Tönt irgendwie jugoslawisch oder so.«

»Frau Gobec ist Schweizerin, ist aber in Kroatien geboren.«

»Naja, jedenfalls habe ich den Namen noch nie gehört, bevor ich gestern in der Zeitung davon gelesen habe. Ich kann mir nicht vorstellen, dass Beat sie kennt. Oder arbeitet sie vielleicht bei der Silbertal Versicherung?«

»Nein, sie ist Damen-Coiffeuse im Salon an der Grabenfeldstrasse.«

»In dem Fall kennt er sie wohl kaum. Wir haben nicht viel Kontakt mit Ausländern.«

Luca, der mir am Montag beim Mittagessen erzählt hatte, dass seine Grosseltern seinerzeit aus Italien in die Schweiz gekommen waren, holte gerade Luft, um Frau Furrer nochmals auf die Nationalität von Ivana Gobec hinzuweisen, als ich mit meinem Schuh unter dem Tisch an sein Bein stubste. Er sah mich an, verstand meinen beschwichtigenden Blick und atmete stumm wieder aus.

Zehn Minuten später betraten Luca und ich den Hauptsitz der Silbertal Versicherung. Wir fragten am Empfang nach Nicole Jufer, der Assistentin des vermissten Beat Furrer, wurden aber kurz darauf vom Geschäftsführer Florian Tschudi höchstpersönlich abgeholt: »Frau Jufer kam wegen dem Telefongespräch mit Frau Furrer zu mir«, erklärte er. »Ich habe erwartet, dass Sie zu uns kommen. Frau Jufer wartet bei mir im Büro.«

Mit dem Lift fuhren wir in die oberste Etage, wo Tschudi uns in sein imposantes Büro führte. Der Raum war grösser als unser Teambüro und umfasste neben dem Arbeitsplatz des Geschäftsführers einen stilvollen Sitzungstisch aus edlem Naturholz. Auf einem der Stühle am Sitzungstisch sass eine junge Frau mit langen schwarzen Haaren, die uns Tschudi als »Frau Jufer, die Assistentin von Herrn Furrer« vorstellte. Frau Jufer wirkte schüchtern, fast verängstigt. Wahrscheinlich war sie zum ersten Mal im Büro des Chefs der Silbertal Versicherung und ausserdem machte sie sich wohl Sorgen um ihren Vorgesetzten Beat Furrer.

Florian Tschudi erläuterte uns, was er schon wusste: »Beat Furrer ist Geschäftsleitungsmitglied bei uns und verantwortlich für die Abteilung Kommunikation und Sponsoring. Er hat am Montag hier gearbeitet und ist um etwa 15:30 Uhr zu einer Geschäftsreise aufgebrochen. Er wollte noch am Montag ins Tessin fahren und eigentlich hätte er von Dienstagmorgen bis Donnerstagnachmittag in unserer Niederlassung im Tessin bei einem Projekt mitarbeiten sollen.«

»Beat hat am Montag zwei, drei Mal gesagt, dass er sich nicht wohl fühlt«, schaltete sich nun Nicole Jufer ein. »Aber er meinte dann, es sei nicht schlimm und er müsse wohl nach der Ankunft im Tessin einfach früh ins Bett. Als dann am Dienstagmorgen ein Anruf aus der Niederlassung im Tessin kam und sie nach Beat fragten, habe ich gedacht: Jetzt ist er doch krank geworden und nicht ins Tessin gefahren. Ich habe denen im Tessin gesagt, dass er wohl krank ist und sich melden wird, um einen neuen Termin zu vereinbaren. Dann habe ich auf sein Handy angerufen, konnte ihn aber nicht erreichen. Ich habe dann gedacht, dass er vielleicht schläft und das Telefon ausgeschaltet hat.

Jedenfalls habe ich nicht mehr daran gedacht, nochmals anzurufen, bis ich am Mittag nach Hause gegangen bin. Wissen Sie, ich habe jeweils am Dienstagnachmittag und den ganzen Mittwoch frei. Als ich heute Morgen ins Büro kam, wunderte ich mich darüber, dass ich nicht ein einziges Mail von Beat erhalten hatte. Das ist sehr ungewöhnlich. Ich versuchte es nochmals auf dem Handy und danach habe ich bei ihm zu Hause angerufen und seine Frau gefragt, ob sie weiss, wo er ist.«

Wir erfuhren, dass Beat Furrer mit seinem Geschäftswagen, einem dunkelblauen Mercedes weggefahren war. Viel mehr konnten Frau Jufer und Herr Tschudi nicht zur Suche beitragen.

Anschliessend sprachen wir kurz mit Luis Favalli, dem Stellvertreter von Beat Furrer. »Ich habe erst heute Morgen von Nicole Jufer gehört«, sagte er uns, »dass er gar nicht im Tessin ist. Nicole kam zu mir, nachdem sie mit Beats Frau telefoniert hatte. Ich habe sie dann zu Tschudi geschickt.«

Luca fragte Favalli nach Ivana Gobec. Aber wie zuvor schon Florian Tschudi und Nicole Jufer konnte auch Luis Favalli nichts mit dem Namen anfangen: »Ich habe gelesen, dass sie vermisst wird und hier in der Stadt wohnt. Aber ich kenne sie nicht und kann mich nicht erinnern, den Namen schon gehört zu haben. Falls Beat sie kennt, hat er mir nichts von ihr erzählt. Zumindest kann ich mich nicht erinnern.«

Es war kurz vor zwölf als wir uns von Luis Favalli verabschiedeten. In der Kantine der Silbertal Versicherung kauften wir für uns und für Claudia Sandwiches ein und fuhren zurück zur Kantonspolizei.

Während ich Claudia darüber informierte, was wir erfahren hatten, begann Luca schon damit, alle grösseren Spitäler auf dem Weg zwischen unserer Stadt und der Niederlassung der Silbertal Versicherung im Tessin anzurufen.

Donnerstag, 5. Mai, Nachmittag

Um 13:30 Uhr war klar, dass Beat Furrer nicht im reservierten Hotel im Tessin angekommen war und dass weder die Anrufe bei den Spitälern noch die Überprüfung der Polizeimeldungen Hinweise brachten, wo er stecken könnte. »Es bleibt uns wohl nichts anderes übrig, als wieder eine Vermisstmeldung zu veröffentlichen«, sagte ich zu Luca und Claudia.

Claudia verdrehte die Augen. »Versteh‘ mich nicht falsch: Ich sehe schon ein, dass du Recht hast. Aber das gibt wieder unzählige unsinnige Hinweise, die man abarbeiten muss. Und das ist nicht gerade meine Lieblingsbeschäftigung.«

Diese Reaktion verunsicherte mich etwas: Bisher hatten Claudia und Luca einen sehr engagierten Eindruck auf mich gemacht. Ich hatte wohlwollend zur Kenntnis genommen, dass Claudia uns im Büro unterstützte, obschon dies nicht ihre Hauptaufgabe war. Wollte sie nur einen guten Eindruck auf ihren neuen Chef zu machen? Begann die Fassade bereits am vierten Tag zu bröckeln? Standen mir eine mühsame Zusammenarbeit und zahlreiche Diskussionen über Teamwork bevor?

Ich beschloss, dass es nicht der richtige Moment war, um solche Themen zu diskutieren. Deshalb ging ich nicht auf die Bemerkung ein, sondern nahm den Telefonhörer. Eigentlich wollte ich Baumann anrufen, landete aber bei seiner Assistentin. »Er ist noch in der Mittagspause, sollte aber bald wieder da sein«, erklärte sie mir.

»Kannst du ihm ausrichten, dass schon wieder jemand vermisst wird und wir wieder eine Vermisstmeldung veröffentlichen müssen?«

Ich erklärte ihr kurz, worum es ging und begann, die Vermisstmeldung zu formulieren. Nach wenigen Minuten näherten sich laute Schritte und Baumann öffnete die Türe des Kripo-Teambüros.

»Goldbacher«, sagte er mit lauter, aufgebracht klingender Stimme, »was soll das? Kaum sind Sie hier, beginnt der halbe Kanton zu verschwinden!«

Ich musste wohl ziemlich erschrocken ausgesehen haben. Jedenfalls fügte er, deutlich leiser, an: »War nicht so ernst gemeint. Aber sehen Sie zu, dass Sie die Leute rasch wiederfinden, sonst ist hier die Hölle los!«

Er drehte sich um und verschwand ohne Verabschiedung. Ich sass immer noch verblüfft da. Claudia und Luca konnten das Lachen nur schlecht unterdrücken. »Ist er häufig so?«, fragte ich.

»Wenn er unter Druck ist, kommt das manchmal vor«, sagte Claudia.

Die Schritte näherten sich wieder und Baumann stand in der offen gebliebenen Tür. »Gibt es einen Zusammenhang zwischen den beiden Fällen?«

»Das fragen wir uns natürlich auch«, antwortete ich, »aber bisher deutet nichts darauf hin.«

»Vermisstmeldung ist ok. Aber warten Sie noch eine Viertelstunde, damit ich die Justizdirektorin informieren kann.« Wieder verschwand er ohne ein weiteres Wort.

Ich versuchte, Alexandra Egger anzurufen, doch die Staatsanwältin war am Gericht und deshalb nicht erreichbar. »Sagen Sie ihr bitte, dass sie mich anrufen soll, sobald sie zurück ist«, bat ich den Mann an der Telefonzentrale der Staatsanwaltschaft.

Nachdem ich den Hörer wieder aufgelegt hatte, wandte ich mich an Claudia: »Sind in den Kartons, die hier stehen, die Flipcharts, Whiteboards und Pinnwände, die wir bestellt haben?«

»Ja, die sind eingetroffen, während Frau Furrer bei euch war.«

»Gut. Könnt ihr beiden die Sachen aufbauen, während ich die Vermisstmeldung raus lasse? Ich möchte nachher gerne eine Besprechung mit euch machen, um die Erkenntnisse in den beiden Fällen zu besprechen.«

Eine Viertelstunde später ging ich mit Luca und Claudia zum Besprechungstisch, stellte die beiden Whiteboards nebeneinander und beschriftete das eine mit »Ivana Gobec«, das andere mit »Beat Furrer«.

»Wir tragen mal zusammen, welche Gründe für das Verschwinden uns in den beiden Fällen plausibel erscheinen. Und zu jeder Möglichkeit, was nach aktuellem Stand für und was gegen diese Möglichkeit spricht.«

Überfall/Vergewaltigung/Mord, Entführung, Selbstmord, Unfall, Untergetaucht notierte ich untereinander auf der linken Seite des Ivana-Gobec-Whiteboards. Oben malte ich in der Mitte ein Pluszeichen und rechts ein Minuszeichen auf die Wand, sodass eine Kreuztabelle entstand, in der man die Argumente eintragen konnte.

Als Nächstes wollte ich diskutieren, was für und was gegen jeden der notierten Gründe sprach. Doch wir wurden durch einen Telefonanruf unterbrochen.

»Hallo Markus, hier Dominic Bader«, meldete sich der Streifenpolizist, mit dem ich am Dienstagmorgen unterwegs gewesen war. »Ihr habt ja bei der Suche nach Ivana Gobec einen Hinweis auf Rauch im Wald oberhalb von Weissgrund erhalten. Sarah und ich haben den Auftrag erhalten, der Sache nachzugehen.« In seiner Stimme spürte ich wieder die Selbstzufriedenheit, die mich am Dienstag geärgert hatte.

»Und? Habt ihr sie gefunden?«

»Nein, aber etwas anderes. Ihr habt ja vor ein paar Minuten noch eine zweite Suche lanciert: Der Mann, der mit dem dunkelblauen Mercedes losgefahren und verschwunden ist. Hier im Wald steht etwas, was wohl mal der blaue Mercedes war, bevor es gebrannt hat. Vom gesuchten Mann aber keine Spur.«

»Gib mir den genauen Standort. Wir sind gleich bei euch.«

Ich drehte mich zum Besprechungstisch: »Claudia, endlich richtige Arbeit für dich: Wahrscheinlich haben wir den Mercedes von Beat Furrer gefunden!«

Zwanzig Minuten später erreichten wir den Fundort des Autos. Dominic Bader und Sarah Landolt hatten schon eine Absperrung mit grosszügigem Abstand um das Fahrzeug herum errichtet. Claudia forderte Unterstützung für die Spurensicherung an und machte sich gleich an die Arbeit, während Luca und ich den Fund aus einigen Metern Distanz betrachteten. Das Auto war nicht vollständig ausgebrannt. Wahrscheinlich war nur wenig Benzin im Tank und wenn man aufgrund der Zeugenaussage annahm, dass das Auto am Montagabend gebrannt hatte, dürfte der Regen dazu beigetragen haben, das Feuer rasch zu löschen.

Da das Auto nicht völlig zerstört war, liess sich auch problemlos feststellen, dass es keine Leiche im Auto gab. Auch die Autonummer war noch lesbar. Zweifelsfrei war es das vermisste Auto. Aber von Beat Furrer keine Spur.

Das Auto stand ein paar Meter abseits eines befahrbaren, wenn auch schmalen Waldweges. Wegen der stellenweise dichten Vegetation hatte der Fahrer wohl Mühe gehabt, eine Stelle zu finden, wo er den Weg verlassen konnte. Schliesslich hatte er aber eine Stelle gefunden, wo man das Auto - trotz geringer Distanz - vom Weg aus nur mit Mühe sehen konnte. So war es durchaus erklärbar, dass das Auto erst jetzt entdeckt worden war, obschon in den letzten Tagen wahrscheinlich einige Spaziergänger an der Stelle vorbeigekommen waren.

Während wir im Wald waren, rief die Staatsanwältin Alexandra Egger auf mein Handy an. Ich informierte sie über die am Vormittag eingegangene Vermisstmeldung und den Autofund. Wir vereinbarten, dass ich Frau Furrer informieren würde, während sie den Fundort besichtigte. Anschliessend würde es eine Besprechung im Kripo-Büro geben.

Barbara Furrer stand die Panik ins Gesicht geschrieben, als sie mir die Haustüre öffnete. Dass nur das Auto gefunden worden war, beruhigte sie verständlicherweise kaum, denn die Umstände des Autofundes liessen nichts Gutes erahnen.

Um 17 Uhr war ich zurück im Kripo-Büro. Wenige Minuten später traf Alexandra gemeinsam mit Luca ein. Alexandra betrachtete kurz die Whiteboards und Flipcharts, runzelte die Stirn und meinte dann trocken: »Ich glaube, bei Beat Furrer können wir jetzt ein paar Möglichkeiten streichen.«

»Ja, nach Unfall sieht es definitiv nicht aus«, antwortete ich. »Die interessante Frage ist, ob Beat Furrer das Auto an diese Stelle gebracht und angezündet hat, oder ob das jemand anders war. Und bei beiden Varianten bleibt die Frage: Wo steckt Beat Furrer?«

»Und natürlich die Frage, ob das Verschwinden von Beat Furrer und das Auto etwas mit dem Verschwinden von Ivana Gobec zu tun haben«, meldete sich Luca.

Bisher hatten wir bei der Ehefrau und am Arbeitsplatz von Beat Furrer erfolglos nach Ivana Gobec gefragt. Ich gab Luca den Auftrag, sich bei den Eltern, der besten Freundin, der Chefin und der Arbeitskollegin von Ivana Gobec nach möglichen Verbindungen zu Beat Furrer zu erkundigen.

»Ausserdem frage ich mich«, sagte Luca, »ob der Mann, der sich am Montagnachmittag in der Fussgängerzone auffällig verhalten hat, etwas mit der Sache zu tun hat.«

Alexandra sah uns fragend an, da sie noch nichts davon wusste. Wir berichteten ihr kurz über den Anruf aus der Buchhandlung und die erfolglose Suche der Polizeistreife.

»Naja, im Moment ist das sehr spekulativ«, meinte sie. »Zeitlich ist das natürlich schon auffällig: Am Sonntagabend verschwindet Ivana Gobec, am Montagnachmittag dieser Mann in der Fussgängerzone und kurz danach verschwindet Beat Furrer. Und am Abend brennt das Auto von Beat Furrer im Wald. Aber ich kann mir nicht plausibel erklären, wie das alles zusammenhängen soll.«

»Nehmen wir an«, schlug ich vor, »der Unbekannte aus der Fussgängerzone hat am Sonntagabend Ivana Gobec überfallen und entweder entführt oder ermordet. «Ich zögerte und überlegte einen Moment. »Aber dann würde er kaum am nächsten Tag in der Fussgängerzone herumlungern. Nein, für mich macht es auch keinen Sinn.«

»Ausser«, überlegte Alexandra, »er ist ein Auftragskiller und wollte dort seinen Auftraggeber treffen, um sein Honorar zu kassieren.«

»Vielleicht ist ja Beat Furrer der Auftraggeber«, phantasierte Luca, »oder gar selbst der Täter.«

Alexandra schlug vor, zu überprüfen, ob Beat Furrer am Sonntagabend Ivana Gobec überfallen haben könnte. Ich rief Frau Furrer an, doch diese versicherte, ihr Mann sei den ganzen Sonntag-Nachmittag und -Abend zu Hause gewesen.

Anschliessend befassten wir uns mit dem gefundenen Auto. Beat Furrer oder wer auch immer das Auto angezündet hatte, war wahrscheinlich mit dem Auto dorthin gefahren. Aber wie war er von dort wieder weggekommen? Hatte er einen Komplizen in einem zweiten Auto?

»Von der Fundstelle aus schafft man es zu Fuss in einer Viertelstunde zum Bahnhof Weissgrund«, schlug Luca vor.

»Oder wenn man in Weissgrund wohnt, hat man nicht weit nach Hause«, stellte Alexandra fest.

»Kurz gesagt«, resümierte ich, »gibt es viele Möglichkeiten und wir wissen noch zu wenig.«

Alexandra entschied, die Medien über den Fund des Autos zu informieren, obschon die Ergebnisse der Spurensicherung noch nicht vorlagen.

Wir diskutierten, wie viel Informationen wir herausgeben wollten, und einigten uns auf eine zurückhaltende Information. So etwa in der Art: »Das Auto wurde in der Nähe der Stadt in einem Wald gefunden. Beat Furrer wird weiterhin vermisst.« Die Überlegung dahinter war, einerseits dem oder den Tätern möglichst wenig Information zukommen zu lassen, andererseits auch wenig Futter für reisserische Medienberichte zu liefern.

»Ich würde sagen, dass ich das erst morgen Vormittag verschicke«, schlug die Staatsanwältin vor, »aber ich spreche mich noch mit eurem Chef ab.« Mir wurde erstmals richtig bewusst, dass die Kriminalpolizei in einem so kleinen Kanton keine professionelle Medienstelle hat und der Polizeikommandant damit gleichzeitig auch der Mediensprecher der Kantonspolizei ist.

Während Alexandra und ich Thomas Baumann über den aktuellen Stand informierten, machte Luca die Telefonanrufe im Umfeld von Ivana Gobec. Erfolglos – die Eltern, die beste Freundin Angela Macarro, die Chefin und die Arbeitskollegin von Ivana Gobec sagten alle, dass ihnen Beat Furrer nicht bekannt sei und Ivana nie eine Person mit diesem Namen erwähnt hatte.

Freitag, 6. Mai, Vormittag

Ich war erst seit zwei Minuten im Büro, als bereits das Telefon klingelte.

»Hallo Markus, hier ist Lea. Ich habe eine Frau am Telefon, die am Montagnachmittag einen blauen Mercedes gesehen hat, der auf einer Wiese neben der Hauptstrasse nach Tellingen stand. Das Auto hatte ein Kennzeichen von hier, aber der Mann der neben dem Auto stand und telefonierte, war offenbar Ausländer.«

»Danke Lea! Frag nach ihrer Adresse und sag ihr, dass ich sie in ein paar Minuten abhole, damit sie mir die Stelle zeigen kann.«

Sylvia Meyer hatte kurze, weissgraue Haare und war zweifellos deutlich über 80 Jahre alt. Sie stand schon vor der Tür, als ich das Haus erreichte. Obschon die Sonne schien, trug sie einen langen Regenmantel, darunter Turnschuhe. Ich stellte mich vor und bat sie in meinen Dienstwagen.

»Frau Meyer, erzählen Sie mir, was Sie am Montagnachmittag gesehen haben.«

»Also, ich hatte ja Seniorenturnen bei Frau Küng. Und danach ging ich noch eine Stunde spazieren, weil mein Arzt sagt, dass es mir gut tut, nach dem Turnen noch eine Weile zu spazieren. Das ist der Doktor Fischer. Haben Sie auch Doktor Fischer als Hausarzt?«

»Ich wohne erst seit Kurzem im Kanton und habe hier noch keinen Hausarzt.« Ich sagte ihr nicht, dass der einzige

Arzt, den ich bisher im Kanton kennengelernt hatte, der Gerichtsmediziner war.

»Also der Doktor Fischer ist sehr nett. Den kann ich empfehlen. Na, ich war also auf dem Radweg unterwegs, welcher der Hauptstrasse entlang führt. Es ist zwar nicht so schön dort, aber wissen Sie, so ist man vom Gemeinschaftszentrum aus am schnellsten ausserhalb der Stadt. Ich ging also eine Weile stadtauswärts und dann sah ich dieses Auto auf der Wiese. Das war schon sonderbar, weil – wissen Sie – wenn man stadtauswärts geht, dann ist der Radweg ja auf der linken Seite der Strasse. Und so wie das Auto dastand, muss es von der Strasse aus quer über die Strasse, über den schmalen Wiesenstreifen und dann noch über den Radweg auf die grosse Wiese gefahren sein. Und es stand nicht mal am Rand der Wiese, sondern etwa zehn Meter vom Radweg entfernt.«

»Können Sie sich an die Farbe des Autos erinnern? Oder an das Kennzeichen? Oder vielleicht sogar an die Automarke?«

»Also das habe ich ja schon der Dame am Telefon gesagt: Es war ein blauer Mercedes. Den suchen Sie ja. Habe ich in der Zeitung gelesen.« Sie sah mich etwas verunsichert an.

»Ja, genau. Sind Sie sicher, dass es ein Mercedes war?«

»Ganz sicher! Wissen Sie, Herr Goldbacher, mein verstorbener Mann hatte eine VW-Garage und ich habe die Buchhaltung für ihn gemacht. Das ist zwar lange her, aber ein wenig kenne ich mich schon aus mit Autos. Und das blaue Auto auf der Wiese hatte mit Sicherheit einen Mercedesstern.« Nun lächelte sie mich stolz an.

»Aber das Kennzeichen wissen Sie nicht?«

»Nein, ich erinnere mich nur noch, dass es ein Kennzeichen von unserem Kanton war. Darauf habe ich geachtet, weil ich zuerst dachte, das Auto habe einen Unfall gehabt. Und ich wollte fragen, ob ich helfen kann. Jedenfalls habe ich mich gewundert, weil das Autokennzeichen von hier war, aber der Mann, der neben dem Auto stand, sah nicht aus wie einer von hier. Und er sprach in einer Fremdsprache in sein Telefon. Deshalb bin ich weitergegangen, ohne ihn anzusprechen.«

»Wie sah der Mann aus?«

»Ich habe ihn nur von hinten gesehen. Er hatte den Rücken zur Strasse und war ganz in sein Telefongespräch vertieft. Für einen Mann war er relativ klein. Er war schlank und hatte kurze, dunkle Haare. Und er trug eine dunkle Jacke, glaube ich.«

Ich zeigte ihr Fotos von Beat Furrer, aber sie winkte ab: »Also der war es ganz bestimmt nicht. Ich sagte ja, der Mann war schlank. Und der hier auf dem Foto ist deutlich dicker. Und ich glaube, der Mann neben dem Auto war jünger.«

»Haben Sie die Sprache erkannt, die er gesprochen hat?«

»Nein. Wissen Sie, ich spreche ja Englisch und Französisch. Und Italienisch und Spanisch verstehe ich ein paar Brocken. Aber das war es alles eindeutig nicht. Wahrscheinlich irgendwie Jugoslawisch oder Türkisch oder so etwas.«

»Sind Sie auf dem Rückweg wieder an dieser Stelle vorbeigekommen?«

»Nein, für den Rückweg nehme ich jeweils den Feldweg am Waldrand.«

»Können Sie sich erinnern, wie spät es war, als sie beim Auto vorbei kamen?«

»Also das Turnen geht bis halb vier. Und ich bin nachher jeweils etwa eine Stunde zu Fuss unterwegs. Es muss also zwischen 15:45 Uhr und 16:00 Uhr gewesen sein.«

»Können Sie mir die Stelle zeigen, wo das Auto stand?« Sie bejahte, ich fuhr los und sie dirigierte mich. Rasch erreichten wir den Stadtrand und die Hauptstrasse nach Tellingen. Links der Strasse verlief ein Radweg, durch einen Grünstreifen von der Fahrbahn getrennt.

Als wir die letzten Häuser etwa 500 Meter hinter uns gelassen hatten, zeigte Frau Meyer nach links und sagte: »Hier irgendwo stand das Auto.«

Mangels Alternativen parkte ich auf dem Radweg, half der alten Frau Meyer aus dem Auto und suchte nach Reifenspuren. Ich brauchte eine Weile, bis ich die richtige Stelle gefunden hatte. Erstens waren wir 50 Meter zu weit gefahren und zweitens waren die Spuren am Wegrand kaum zu sehen. Erst wenn man sich einige Meter vom Radweg entfernte, waren deutlichere Spuren erkennbar.

Ich markierte die Stelle, brachte Frau Meyer nach Hause und fuhr zurück zum Polizeigebäude. Luca, der inzwischen eingetroffen war, bearbeitete die Hinweise zu den beiden Vermisstmeldungen. »Immer noch nichts, was uns weiterhilft«, sagte er etwas resigniert.

»Wo ist Claudia?«

»Unten in ihrem Labor oder im Materialschuppen. Man hat den Materialschuppen geräumt und den Mercedes dort abgestellt.«

Ich erzählte ihm von der Beobachtung von Frau Meyer und bat ihn, mit der Bearbeitung der Hinweise weiterzumachen.

Der Materialschuppen war abgeschlossen und liess sich mit meinem Schlüssel nicht öffnen. Also ging ich zum Labor und fand Claudia dort über ein Mikroskop gebeugt.

»Guten Morgen Chef. Es sieht gut aus. Wenn jemand das Auto angezündet hat, um Spuren zu zerstören, dann ist ihm das wohl nur teilweise gelungen. Wahrscheinlich hat uns der Regen geholfen. Jedenfalls hat das Auto nicht lange gebrannt.«

»Und? Irgendetwas Auffälliges?«

»Ja, ich habe an ein paar Stellen Blut gefunden. Und das Auto hat aussen ein paar recht auffällige Kratzer. Die könnten aber auch entstanden sein, als das Auto in den Wald gebracht wurde. Wegen dem Feuer lässt sich kaum feststellen, wie alt die Kratzer sind. Aber wahrscheinlich nicht allzu alt, sonst hätte ich mehr Rost gefunden.«

Ich erzählte ihr von der Beobachtung der alten Spaziergängerin und fuhr umgehend mit ihr dorthin. Sie sah sich kurz um und sagte dann: »Das ist keine grosse Sache hier. Ich kann das problemlos allein dokumentieren. Dauert nicht allzu lange. So wie es aussieht, gibt es neben Reifenspuren und ganz wenigen Fussabdrücken nur etwas, was dich interessieren dürfte.«

Sie führte mich zu einer Stelle, wo ein völlig zerstörtes Smartphone im Gras lag. Claudia deutete auf einen faustgrossen Stein daneben: »Ich denke, da hat jemand nachgeholfen. Schau mal auf die Fussspuren. Für mich sieht es aus, als habe jemand den Stein aufs Handy gelegt und dann ein paar Mal kräftig draufgetreten.«

Ich wäre selbst nicht auf diese Idee gekommen, aber wenn ich mir nun die Spuren anschaute, schien mir die Interpretation von Claudia durchaus plausibel.

Um keine Spuren zu zerstören, liess ich das Handy liegen und machte nur ein Foto. Ich liess Claudia in Ruhe ihre Arbeit machen und fuhr zu Barbara Furrer. Sie bestätigte mir, dass das Foto wohl das Handy ihres Mannes zeigte. Zumindest stimmten Marke und Farbe überein.

Freitag, 6. Mai, Mittag und Nachmittag

Staatsanwältin Alexandra Egger war in einer Besprechung, als ich sie anrufen wollte. Sie hatte bei der Telefonzentrale aber gesagt, man könnte sie stören, falls die Kripo anrufe. Um 11:30 Uhr traf sie bei uns ein, etwas weniger elegant gekleidet als an den Vortagen – offenbar hatte sie heute keine wichtigen Termine.

Ich hatte auch Claudia ins Teambüro beordert, um zu viert eine Lagebesprechung durchzuführen. Wir trugen den aktuellen Wissensstand zu beiden Fällen zusammen und notierten das Wichtigste auf den Whiteboards und Flipcharts. Aufgrund der sehr ähnlichen Beschreibungen nahmen wir an, dass der Mann neben dem Mercedes derjenige war, der am frühen Nachmittag in der Fussgängerzone beobachtet worden war.

»Wir müssen den Mann finden, der neben dem Mercedes stand und telefonierte. Das wird zwar nicht einfach, aber wenn wir die Handydaten bekommen, haben wir eine Chance«, erklärte ich.

»Wir wissen ja noch nicht einmal, ob es wirklich ein Verbrechen gegeben hat«, entgegnete Alexandra. »Ich frage mich, ob wir genug Indizien haben, dass eine flächendeckende Überprüfung von Handydaten gerechtfertigt ist. Vielleicht war es ja gar nicht das Auto von Beat Furrer, das die alte Frau gesehen hat.«

Wir überprüften, wie viele blaue Mercedes im Kanton zugelassen waren. Es waren lediglich drei, wovon einer derzeit ausgebrannt auf dem Gelände der Kantonspolizei untergebracht war. Es brauchte nur einige kurze Telefonanrufe, um sicher zu sein, dass die anderen beiden blauen Mercedes am Montagnachmittag nicht auf der Wiese neben der Hauptstrasse gestanden hatten. Das genügte, um Alexandra zu überzeugen. Inzwischen war es kurz nach zwölf Uhr.

»Ok, nach dem Mittagessen fordere ich die Daten bei den Telefongesellschaften an«, versprach sie.

»Mittagessen tönt gut«, sagte ich. »Das ist in den letzten Tagen zu kurz gekommen. Wer Lust hat mitzukommen, ist zu meinem Einstand eingeladen.«

Das liessen sich Alexandra, Claudia und Luca nicht entgehen. Wir fuhren mit meinem Dienstwagen zum Bahnhof, wo die Pizzeria war, die Alexandra als ihr Lieblingsrestaurant bezeichnete.

Am frühen Nachmittag gab Alexandra Bescheid, dass beide Telefongesellschaften, die Antennen in der Nähe hatten, eine rasche Bearbeitung der Anfrage versprochen hatten. Die Daten würden in Form von Excel-Files im Verlauf des Abends geliefert.

Claudia verschwand wieder in ihr Labor, während Luca und ich weitere Hinweise zu den beiden vermissten Personen überprüften. Als gegen 17 Uhr keine neuen Erkenntnisse vorlagen und noch keine Handydaten eingetroffen waren, beschlossen wir, nicht länger zu warten. Wir machten Feierabend und verabredeten uns auf Samstagmorgen, um die Handydaten zu überprüfen.

Samstag, 7. Mai, Vormittag

Als Luca Bertoldi am Samstagmorgen wenige Minuten nach mir ins Büro kam, wirkte er sehr müde. Die dunklen Augen, die meist freundlich, ein wenig schelmisch strahlten, waren klein und ausdruckslos. Seine kurzen Haare waren nass – wahrscheinlich war er direkt von der Dusche aus ins Auto gestiegen.

»Guten Morgen Luca, du siehst aber müde aus. Möchtest du auch einen Kaffee?«

»Sehr gerne! Ich war gestern Abend mit meiner Freundin an einem Konzert. Ehrlich gesagt, habe ich nicht besonders viel geschlafen.«

Ich schmunzelte und holte zwei Tassen Kaffee.

Beide Telefongesellschaften hatten die von Alexandra bestellten Handydaten noch am Freitagabend geschickt. Obschon Alexandra einen örtlich und zeitlich relativ engen Rahmen definiert hatte, standen mehrere tausend Telefonanrufe auf den beiden Listen.

Wir teilten uns nach Telefongesellschaft auf. Die meisten Nummern waren Schweizer Handyanschlüsse. Diese waren zwar mehrheitlich nicht im öffentlichen Telefonverzeichnis, doch da ihre Registrierung obligatorisch war, hatten wir Zugriff auf Namen und Adressen der Handybesitzer. Allerdings wussten wir natürlich nicht, ob der Inhaber auch der Nutzer des Geräts war. Deshalb befürchtete ich, dass unendlich viel Arbeit auf uns wartete.

Doch schon nach zehn Minuten fand Luca in seiner Liste etwas Vielversprechendes. »Weisst du, welches Land 0048 als Vorwahl hat?«, fragte er mich.

»Keine Ahnung.«

Eine Minute beziehungsweise eine Google-Suchanfrage später wusste er Bescheid. »Das könnte das sein, was wir suchen: Jemand mit einer polnischen Handynummer hat um 15:51 Uhr vom Zielgebiet aus eine andere polnische Handynummer angerufen. Das Gespräch dauerte knapp sechs Minuten.«

Wir suchten noch rund eine Stunde lang weiter, fanden aber nichts mehr, das ähnlich vielversprechend aussah. Ich beschloss, die Auswertung der Telefonlisten abzubrechen, und vorläufig nur diese Spur weiterzuverfolgen. »Da kommen wir am Wochenende nicht weiter. Wir brechen ab und bitten Alexandra am Montag, Rechtshilfe in Polen zu beantragen.«

Montag, 9. Mai, Vormittag

Ich hatte das verregnete Wochenende genutzt, um meine neue Wohnung fertig einzurichten. Nach einer mehrjährigen Beziehung fühlte es sich sonderbar an, wieder allein zu wohnen. Darunter litt auch meine Motivation, allzu viel Zeit in die Wohneinrichtung zu investieren. Trotzdem war ich bis Sonntagabend so weit, dass ich problemlos Besuch hätte empfangen können.

Der Montagmorgen war immer noch trüb und nass. Das Erste was ich sah, als ich das Büro betrat, war ein hellbrauner Regenmantel. Obschon mir die Frau im Regenmantel den Rücken zugewandt hatte, erkannte ich Alexandra Egger sofort an ihren langen, blonden Haaren.

Alexandra hatte Gipfeli mitgebracht und sass Kaffee trinkend zusammen mit Luca und Claudia am Besprechungstisch. »Ich dachte, ich komme auf dem Weg zur Arbeit bei euch vorbei, um zu erfahren, was es Neues gibt«, meinte sie lächelnd als sie mich sah.

Luca hatte ihr schon von seiner Entdeckung berichtet und Alexandra teilte seine Einschätzung, dass es sich um eine vielversprechende Spur handelte. »Sobald ich im Büro bin, rufe ich beim Bund an, damit die gleich bei den polnischen Behörden um Rechtshilfe ersuchen. Und dann verlange ich von den Schweizer Telefongesellschaften alle weiteren Daten zu dieser Nummer.«

»Ich habe auch News«, sagte Claudia mit einem stolzen Grinsen unter ihren leuchtend rot gefärbten Haaren. »Auf dem Handy und im Auto konnte ich Fingerabdrücke sichern. Und trotz des Brandes habe ich im Auto Haare und

Blut sichern können, mit denen ich DNA-Profile machen kann.«

Nach dieser Besprechung erkundigten sich Luca und ich bei der Ehefrau und am Arbeitsplatz von Beat Furrer, wer in letzter Zeit im Mercedes mitgefahren war. Von all diesen Personen sammelten wir Fingerabdrücke sowie Speichelproben für ein DNA-Profil. Ausserdem fanden wir im Bett von Beat Furrer genügend Haare, damit Claudia auch ein DNA-Profil des Vermissten erstellen konnte.

Am frühen Nachmittag konnten wir Claudia genügend Material für DNA-Analysen übergeben, um einen grossen Teil der Spuren aus dem Auto eindeutig bekannten Personen zuordnen können. Falls es im Auto auch DNA-Spuren von Unbekannten hätte, könnten das vielversprechende Spuren sein.

Als ich Barbara Furrer am Vormittag das Vorgehen erläutert hatte, machte sie mich auf eine Schwierigkeit aufmerksam: »Wenn Beat auf Geschäftsreise ist, nimmt er oft Anhalter mit. Ich habe ihm immer gesagt, dass ich das gefährlich finde, aber er wollte sich nicht davon abbringen lassen. Er findet, die langen Autofahrten seien sonst zu langweilig.«

Mir fiel auf, wie Barbara Furrer zwischen Gegenwarts- und Vergangenheitsform hin und her schwankte, wenn sie über ihren Mann sprach. Verlor sie langsam die Hoffnung, dass er noch lebte? Ich versuchte, mir nicht anmerken zu lassen, dass es mir ähnlich ging. Auch wenn völlig unklar war, was am letzten Montag passiert war: Mir schien, dass es schlecht aussah für Beat Furrer.

Montag, 9. Mai, Nachmittag

Nachdem Luca und ich die Fingerabdrücke und das DNA-Material bei Claudia abgeliefert hatten, besuchten wir Alexandra Egger in ihrem Büro in der Staatsanwaltschaft. Ich wollte das weitere Vorgehen betreffend Ivana Gobec besprechen, weil wir hier nicht voran kamen.

»Wenn sie einen Unfall gehabt oder Selbstmord begangen hätte«, sagte ich, »hätte sie wahrscheinlich inzwischen jemand gefunden. Deshalb glaube ich, dass sie entweder umgebracht oder entführt wurde. Ich hoffe natürlich, dass sie noch lebt.«

Alexandra und Luca stimmten mir zu und die Staatsanwältin meinte: »Wir hatten hier noch nie einen solchen Fall, aber ich war mal in einer interessanten Weiterbildung: Dort wurde über eine Entführung berichtet, bei der die Polizei mit einem Psychologen zusammenarbeitete. Der Psychologe konnte anhand der verfügbaren Informationen Schlussfolgerungen auf die Persönlichkeit des Täters ziehen und der Polizei damit wertvolle Hinweise für die Fahndung geben. Markus, du kommst ja aus einer Grossstadt-Kripo: Hast Du Erfahrungen in dieser Richtung?«

»Ich selbst nicht. Wir hatten mal einen Fall, wo wir auch einen Psychologen beigezogen hatten, aber ich war nicht involviert. Soweit ich mich erinnere, hat sich mein Chef sehr positiv geäussert.«

»Ich finde, wir sollten das auch versuchen. Allerdings kann ich so eine Massnahme nicht anordnen. Dafür ist die Polizei zuständig. Das musst du mit Thomas Baumann besprechen.«

Bevor wir uns auf den Rückweg zum Polizeigebäude machten, rief Alexandra den Referenten der Weiterbildung an und ich meinen ehemaligen Chef. Es stellte sich heraus, dass beide mit dem gleichen Psychologen zusammengearbeitet hatten. Er hiess Stefan Oberli und war offenbar ein bekannter Experte in Kriminalpsychologie.

»Sind Sie wahnsinnig? Haben Sie eine Vorstellung, was so etwas kostet, Goldbacher?«, fragte mich mein Chef, als ich eine Viertelstunde später mit der Idee bei ihm vorstellig wurde. Seine Pupillen weiteten sich und Röte schoss in sein Gesicht.

Er atmete einmal tief durch und fuhr mit der rechten Hand durch sein schütteres graues Haar. »Nicht dass Sie meinen, dass ich nicht auch alles Nötige tun will, um Frau Gobec zu finden. Aber wenn wir einen Psychologen beiziehen, dann kostet und das schnell einige zehntausend Franken. Und wenn es nichts bringt und am Ende finden wir heraus, dass sie Selbstmord begangen hat? Dann drehen sie mich Ende Jahr im Kantonsrat durch den Fleischwolf wegen der Budgetüberschreitung.«

»Die Staatsanwältin ist auch der Meinung, dass das eine sinnvolle Massnahme ist, um in diesem Fall voranzukommen.«

»Alexandra hat gut reden – die muss das ja auch nicht bezahlen.«

»Weder die Suchaktionen noch die öffentliche Vermisstmeldung haben uns entscheidend weitergebracht. Es ist auch nicht damit zu rechnen, dass da noch viel Neues kommt.«

Während Thomas Baumann noch ein paar Mal tief durchatmete, fragte ich mich, ob mein früherer Chef in der Grossstadt wohl auch solche Diskussionen mit seinen Vorgesetzten hatte. Falls ja, hatte er mir jedenfalls nie davon erzählt. Ich überlegte, ob ich Luca und Claudia von diesen Auseinandersetzungen erzählen durfte, und realisierte gleichzeitig, wie sich die Gesichtszüge von Thomas Baumann wieder etwas entspannten. Er senkte seinen Kopf leicht, schaute über den Rand seiner Brille hinweg zu mir und brummte: »Na gut, schicken Sie mir die Kontaktdaten von Ihrem Psychologen. Ich rede mal mit ihm. Vielleicht hat er ja ein Herz für einen Bergkanton mit sinkenden Steuereinnahmen und grossem Spardruck.«

Ich fragte mich, ob nun ein Dank für sein Entgegenkommen angebracht war, oder ob ich noch verstimmt wegen seiner schroffen Reaktion sein sollte. Da ich mich nicht rasch genug entscheiden konnte, antwortete ich nur kurz und neutral: »Mache ich.«

Als ich schon daran war, sein Büro zu verlassen, fügte Baumann noch an: »Ach, übrigens, Goldbacher, die Justizdirektorin hat den Wunsch geäussert, Sie und Ihr Team kennenzulernen. Ich komme in den nächsten Tagen mal mit ihr vorbei.«

Dienstag, 10. Mai, Vormittag

Am Dienstagvormittag erhielt Luca die Rückmeldungen der Telefongesellschaften, die in der Schweiz Handynetze betreiben. Das polnische Handy, mit dem am Nachmittag des 2. Mai auf ein anderes polnisches Handy angerufen wurde, war für kein weiteres Gespräch benutzt worden. Und es hatte auch keine Anrufe erhalten. Weder vor dem 2. Mai noch seither, zumindest nicht von der Schweiz aus.

Auch zur anderen polnischen Handynummer, derjenigen des Gesprächspartners, wurden in der Schweiz keine anderen Gespräche verzeichnet.

Mich interessierten aber nicht nur die Telefongespräche. Auch wenn nicht telefoniert wird, sucht jedes eingeschaltete Mobiltelefon permanent den Kontakt mit Mobilfunkantennen in der Nähe. Aus den Daten der Telefongesellschaften ist deshalb auch ersichtlich, welches Mobiltelefon wann mit welcher Antenne in Kontakt war. So lässt sich der Weg eines Menschen grob nachverfolgen.

Doch in diesem Fall funktionierte es nicht. Die Kontakte des Mobiltelefons mit den Antennen endeten am 2. Mai wenige Minuten nach dem Telefongespräch. Wahrscheinlich wurde entweder das Telefon ausgeschaltet oder die Batterie war leer.

Die Telefondaten brachten uns zwar im Moment nicht weiter, doch ich interpretierte sie als Hinweis, dass wir auf der richtigen Spur waren. Dass der Anrufer das Handy ausgeschaltet und nachher nicht mehr benutzt hatte, deutete darauf hin, dass es tatsächlich der Mann war, den die alte Frau Meyer auf der Wiese neben dem Mercedes beobachtet hatte. Wir wussten zwar noch nicht, wer er war, doch dies würden wir wohl bald aus Polen erfahren.

»Markus, hast du ein paar Minuten Zeit?«, fragte mich Claudia, als sie erstmals an diesem Morgen im Teambüro auftauchte.

»Neuigkeiten?«

»Noch nichts Relevantes, aber einen Zwischenbericht. Einen grossen Teil der Spuren im Auto konnte ich Beat Furrer, seiner Frau, den Kindern und seinem Mitarbeiter Luis Favalli zuordnen. Es bleiben aber sieben DNA-Profile, zu denen ich kein Vergleichsprofil habe. Du kannst jetzt also Verdächtige liefern - ich bin bereit!«

»Super! Wenn wir den Mann finden, den die alte Frau Meyer gesehen hat, dann wird er schwer abstreiten können, dass er das Auto angezündet hat. Und dann finden wir wohl auch heraus, was mit Beat Furrer passiert ist.«

»Ich gleiche die unbekannten DNA-Spuren jetzt mit den Datenbanken ab. Vielleicht hatten wir ja Glück.«

»Gut, mach das. Ich bin aber nicht besonders optimistisch… Also, wenn du da einen Treffer landest, spendiere ich eine Flasche Champagner.«

»Ein Kilo Schokolade wäre mir lieber.«

»Ein Kilo Schokolade – da wäre ich auch dabei«, tönte es vom Pult von Luca.

»Einverstanden.«

„Baumann Thomas“, zeigte der Display, als mein Telefon einige Minuten später klingelte.

»Goldbacher.«

»Oberli, Ihr Psychologe, erwartet um 13 Uhr einen Anruf von Ihnen. Sie können einen ersten Termin mit ihm vereinbaren und ihn telefonisch über den Fall informieren, damit er sich vorbereiten kann. Ich habe ein Kostendach mit ihm vereinbart. Maximal vier halbe Tage, an denen er zu uns kommt, plus maximal drei Tage für Vorbereitung, Abklärungen und so weiter.«

Er gab mir die Handynummer von Stefan Oberli und wünschte mir Glück. Ich vermutete allerdings, dass er das Glück eher sich selbst wünschte – nämlich das Glück, dass die Kosten nicht nutzlos waren, wenn er sie später gegenüber der Justizdirektorin oder dem Kantonsrat rechtfertigen musste.

Ich notierte mir auf ein Blatt, was ich Oberli über den Fall Ivana Gobec erzählen musste. Gerade als ich damit fertig war, meldete Claudia, dass die Fingerabdrücke in keiner Datenbank verzeichnet waren.

»Gehen wir ein bisschen früher Essen?«, fragte ich Claudia und Luca. »Ich muss spätestens um 13 Uhr wieder hier sein.«

Dienstag, 10. Mai, Nachmittag

Punkt 13 Uhr rief ich Stefan Oberli aufs Handy an. Er machte vom ersten Moment an einen sympathischen Eindruck auf mich. Ich informierte ihn über den Fall Ivana Gobec. Er zeigte sich sehr interessiert und stellte präzise Fragen, auch zum Fall Beat Furrer, weil er sich ein eigenes Bild über allfällige Zusammenhänge machen wollte. Wir vereinbarten, dass er am Donnerstagnachmittag zu uns kommen würde.

Das Gespräch mit Oberli dauerte fast eine halbe Stunde. Als Claudia mitten während meines Gesprächs mit Oberli plötzlich laut »Bingo« sagte und dann Luca zu sich rief, überlegte ich zuerst gar nicht, was der Grund war, sondern ärgerte mich nur über die Störung meines Gesprächs mit Oberli.

Nachdem Claudia und Luca einige Minuten gemeinsam auf Claudias Bildschirm gestarrt hatten, stand Claudia auf und trat neben mein Pult. Da für mich absehbar war, dass es noch einige Minuten dauern würde, blickte ich sie leicht verärgert an und machte eine abweisende Geste.

Claudia ging zurück zu ihrem Arbeitsplatz und arbeitete weiter. Kurz darauf verliess sie kurz das Büro und kam dann mit einem Blatt vom Drucker zurück. Sie brachte den Papierbogen zu meinem Pult und legte ihn vor mich hin. Auf das Blatt war ein Bild von einer Toblerone gedruckt, vergrössert auf A3-Format.

»Vor einem halben Jahr wurde in München ein Schmuckgeschäft überfallen», erklärte mir Claudia, nachdem ich das

Telefongespräch mit Stefan Oberli beendet hatte. »Hast du davon gehört?«

»München – ich glaube, ich habe mal darüber gelesen. War eine brutale Angelegenheit, oder?«

»Ja, zwei Männer haben dort ein Schmuckgeschäft überfallen. Der Inhaber hat sich gewehrt und wurde von den Tätern brutal verprügelt. Er ist seither schwer behindert. Die Täter sind auf den Bildern der Überwachungskameras nicht gut zu erkennen, weil sie maskiert waren. Aber die Deppen haben auf der Flucht ihre Masken in einen Abfalleimer geworfen und in beiden Masken wurden Haare gefunden. Man weiss also nicht viel über die zwei, hat aber von beiden ein DNA-Profil.«

»Und…«

»Und eines der DNA-Profile stimmt überein mit einem Profil aus dem Auto von Beat Furrer.«

»Weiss die Kripo in München mehr über den Mann?«

»Während du am Telefon warst, habe ich Informationen angefordert und bereits erhalten. Einer der beiden Täter ist aussergewöhnlich gross, etwa 1.95, der andere sehr viel kleiner. Sie sprachen nur gebrochen deutsch. Man vermutet, dass sie aus Osteuropa kommen. Da die beiden Masken identisch sind, weiss man nicht, welches DNA-Profil vom Grossen und welches vom Kleinen ist. Fingerabdrücke gibt es nicht.«

»Na, das sieht ja aus, als könnten wir da etwas beitragen. Falls die DNA-Spuren dem Mann gehören, den Frau Meyer gesehen hat, dann ist das wahrscheinlich der Kleinere. Und jetzt bin ich besonders gespannt darauf, was die Kollegen in Polen über die Handynummern wissen.«

Ich informierte umgehend Alexandra über die neuen Erkenntnisse. Sie versprach, sofort Kontakt mit den Behörden in Deutschland aufzunehmen, um die Zusammenarbeit und den Informationsaustausch in Gang zu bringen. Ausserdem wollte sie in Warschau auf die neue Dimension des Falles aufmerksam machen, um die Überprüfung der Telefonnummern zu beschleunigen.

Dienstag, 10. Mai, später Nachmittag

Ich verliess das Büro und ging kurz in den Supermarkt an der Bahnhofstrasse, um meine Wettschulden bei Claudia zu begleichen. Zuerst packte ich eine 400-Gramm-Toblerone sowie sechs verschiedene Tafeln Schokolade in meinen Einkaufskorb. Auf dem Weg zur Kasse schaute ich mir das Kilo Schokolade an und fand, dass es zu wenig eindrücklich aussah. Also ging ich zurück zum Schokoladengestell und packte weiter ein bis ich auf fünf Kilo kam. Ausserdem kaufte ich einen leeren Korb, der für diese Menge an Schokolade eine gute Grösse hatte.

Zurück im Büro überreichte ich den Korb meiner Kriminaltechnikerin. Sie errötete, worauf ich ihr erklärte: »Dein Gesicht hat jetzt fast die gleiche Farbe wie deine Haare. Du musst keine Angst haben: Du musst nicht alles allein essen. Ich sorge dafür, dass du Unterstützung bekommst.«

Ich ging an meinen Arbeitsplatz und verschickte eine E-Mail an alle Mitarbeitenden der Kantonspolizei:

Liebe Kolleginnen und Kollegen
Viele von euch haben die Kriminalpolizei letzte Woche bei der Suche nach zwei vermissten Personen unterstützt. Obschon die beiden leider noch nicht gefunden wurden, möchten wir uns für eure Hilfe bedanken. Wir haben in unserem Büro eine grössere Menge Schokolade und laden euch als Dankeschön ein, uns in den nächsten Tagen ab und zu besuchen und uns beim Verzehr zu unterstützen.
Beste Grüsse, Markus Goldbacher

Gerade als die ersten Kollegen auftauchten, um sich etwas Schokolade zu holen, rief Lea Zurkirchen von der Zentrale an: »Sobald ich hier mal weg kann, komme ich bei euch Schokolade holen. Aber zuerst muss ich dich mal mit Herrn Tschudi von der Silbertal Versicherung verbinden. Er sagt, es sei dringend.«

Florian Tschudi wollte am Telefon nicht viel sagen. Er meinte lediglich, sie seien auf Unregelmässigkeiten bei der Arbeit von Beat Furrer gestossen, die mich wohl interessieren würden.

Eine Viertelstunde später trafen Luca und ich in Tschudis Büro ein. Am eindrucksvollen Sitzungstisch sass auch Luis Favalli, der Stellvertreter von Beat Furrer.

»Gestern Morgen ist Herr Favalli zu mir gekommen«, begann Tschudi mit den Erläuterungen.

Favalli fuhr fort: »Ich hatte ein ungutes Gefühl, aber es war nichts Konkretes. Deshalb habe ich letzte Woche noch nichts gesagt. Ich habe dann das ganze Wochenende mit mir gerungen und bin schliesslich zum Ergebnis gelangt, dass ich Herrn Tschudi informieren muss.«

Er zögerte und blickte zu Tschudi, der ihn mit einem Nicken ermunterte, fortzufahren.

»Ich arbeite ja schon ein paar Jahre mit Beat Furrer zusammen. Und am Anfang informierte Beat sehr offen. Deshalb fiel es mir auf, dass er irgendwann begann, nicht mehr so differenziert zu informieren und wir auch keinen Einblick mehr in die Jahres-, Quartals- und Monatsabschlüsse der Abteilung bekamen. Zuerst glaubte ich, das sei von oben so verordnet, aber irgendwann hörte ich von

Kollegen aus anderen Abteilungen, dass dort eher transparenter informiert wurde als früher. Es gab auch ein, zwei Situationen, in denen Beat auf Fragen ungewöhnlich heftig und abweisend reagierte, sodass ich fast den Eindruck hatte, er wolle etwas verbergen.«

Einen Moment schwieg er, wohl in die Erinnerung an diese Situationen versunken. Dann blickte er Luca und mich an und fuhr fort: »Das war mehr so ein Gefühl. Eigentlich war ich überzeugt, dass ich mich irre. Aber nach dem rätselhaften Verschwinden letzte Woche begann ich mich zu fragen, ob da doch etwas dran ist und Beat vielleicht in etwas hineingeraten ist.«

»Herr Favalli ist am Montagmorgen damit zu mir gekommen und ich habe dann veranlasst, zu überprüfen, ob es irgendwelche Unregelmässigkeiten gibt. Und heute haben wir dann tatsächlich etwas gefunden: Herr Furrer hat mehrere sonderbare Zahlungen veranlasst.«

Er stoppte einen Moment und sah mich an. Ich blickte fragend zurück, denn ich hatte noch nicht verstanden, was er mir sagen wollte.

»Herr Goldbacher, Sie wissen sicher, dass die Silbertal Versicherung sehr aktiv im Kultursponsoring ist. Zuständig dafür ist die Kommunikationsabteilung unter der Leitung von Beat Furrer. Mit jeder Organisation beziehungsweise jedem Anlass, den wir unterstützen, haben wir einen Vertrag. Wir erhalten dann Rechnungen gemäss den vertraglichen Vereinbarungen. Und diese Rechnungen müssen von Herrn Furrer visiert werden.«

»Und was ist mit den Zahlungen, auf die Sie gestossen sind?«

»Vor gut eineinhalb Jahren haben wir eine Rechnung über 10‘000 Franken vom Verein Operettenfestspiele Basel erhalten. Auf der Rechnung steht „Sponsoringbeitrag Silbertal Versicherung gemäss Sponsoringvertrag“. Herr Furrer hat die Rechnung visiert und deshalb wurde sie von der Buchhaltung bezahlt.«

»Und?«

»Waren Sie schon an den Operettenfestspielen in Basel?«

»Nein, Operetten sind nicht so mein Ding.« Plötzlich ging mir ein Licht auf. »Aha, Sie meinen…«

»Wir sind stutzig geworden, weil weder Herr Favalli noch ich etwas davon wissen, dass wir diese Operettenfestspiele unterstützen. Und weil wir beide auch noch nie davon gehört haben. Wir haben gegoogelt und weder die Festspiele noch den Verein im Internet gefunden.«

»Das ist tatsächlich interessant.«

»Interessant? Ich bin erschüttert! Also ich hoffe ja, dass sich herausstellt, dass Beat bei der Überprüfung der Rechnungen unaufmerksam war und einem Betrüger auf den Leim gekrochen ist. Ich kann mir nicht vorstellen, dass er das bewusst gemacht hat.«

Tschudi hatte einen hochroten Kopf. Seine Halsmuskulatur war angespannt und sein Blick drückte etwas zwischen Zorn und Fassungslosigkeit aus.

»Auf der Rechnung ist ein Sponsoringvertrag erwähnt«, fragte ich nach.

»Ja. Aber in unseren Akten haben wir keinen solchen Vertrag gefunden.«

»Sie haben von mehreren Zahlungen gesprochen?«

»Ja, ein halbes Jahr später gab es eine zweite Rechnung mit dem gleichen Absender. Wieder zehntausend Franken. Und letzten Herbst kam eine Rechnung über 15‘000 Franken vom Organisationskomitee Zentralschweizer Tanzwoche. Auch hier fehlt ein Vertrag und es sieht so aus, dass es gar keine solche Tanzwoche gibt. Und auch von der Tanzwoche gibt es noch eine zweite Rechnung: Diesen Frühling haben wir nochmals 15‘000 Franken überwiesen.«

»Nehmen wir mal an«, meldete sich nun Luca, der alles protokolliert hatte, »Herr Furrer hat die Rechnungen selbst ausgestellt: Warum hat er nicht auch noch Verträge gemacht?«

»Dafür gibt es eine ganz einfache Erklärung«, sagte Luis Favalli. »Alle Verträge müssen von der Rechtsabteilung geprüft werden und brauchen bei uns eine Doppelunterschrift. Aber eine Rechnung kann Beat allein visieren. Und die Buchhaltung überprüft nur das Visum. Es wird nicht kontrolliert, ob es den Vertrag wirklich gibt.«

Wir fuhren zurück ins Büro und überprüften die Angaben. Weitere Internetrecherchen sowie Kontakte mit verschiedenen Polizeistellen bestätigten die Vermutung, dass es weder Operettenfestspiele in Basel noch eine Zentralschweizer Tanzwoche gab. Sowohl die Veranstaltungen als auch die beiden Organisationen, die als Absender auf den Rechnungen aufgeführt waren, schienen frei erfunden zu sein.

»Wir müssen herausfinden, wohin das Geld gegangen ist«, sagte ich zu Luca. »Leider ist es dafür für heute schon zu spät. Aber das machen wir morgen als Erstes.«

Mittwoch, 11. Mai, Vormittag

»Polizei tappt im Dunkeln« stand auf der Titelseite der Lokalzeitung, die ich vor dem Frühstück aus dem Briefkasten holte. Ich hatte die einzige in der Stadt erscheinende Tageszeitung nach meinem Umzug abonniert.

Der Artikel thematisierte, dass die beiden vermissten Personen aus dem Kanton nach mehr als einer Woche immer noch nicht gefunden worden waren. Die Staatsanwältin Alexandra Egger wurde mit den Worten zitiert: »Es gibt in beiden Fällen noch keine konkreten Hinweise, was mit den Vermissten passiert ist.«

Zwar waren die Formulierungen zurückhaltend, aber es wurde offensichtlich suggeriert, dass die Polizei überfordert und inkompetent sei.

»Oh Scheisse, das gibt Ärger«, sagte ich halblaut zu mir selbst. Ich schlang hastig das Frühstück hinunter und machte mich auf den Weg ins Büro.

Als ich beim Empfang vorbeikam, begrüsste mich Lea Zurkirchen: »Guten Morgen Markus, du sollst sofort zum Kommandanten gehen.«

»Habe ich mir schon gedacht«, antwortete ich und winkte mit der Zeitung, die ich in der Hand hatte. Sie nickte stumm.

Die Staatsanwältin war bereits bei Thomas Baumann im Büro. Sie wirkte fassungslos. »Wie kann der Typ einen solchen Artikel schreiben? Am Telefon war er sehr freundlich und hat sich nur erkundigt, ob es Neuigkeiten gibt und ob wir jetzt wissen, was mit den beiden Vermissten passiert ist. Als ich ihm sagte, wir hätten noch nichts Konkretes, hat er sich höflich verabschiedet und uns Glück gewünscht.«

»Er hat dich reingelegt«, sagte Baumann mit einer Mischung von Verständnis und Verärgerung im Tonfall. »Er hat so getan, als wolle er dir exklusive Informationen entlocken. Aber eigentlich wollte er nur eine zitierbare Aussage darüber, dass wir nicht voran kommen.«

Er zögerte einen Moment und fuhr dann fort: »Der Chefredaktor mag mich nicht. Wir sassen früher beide im Kantonsrat. Natürlich nicht in der gleichen Partei. Und wir hatten ein paar heftige Auseinandersetzungen. Ausserdem hat sich letztes Jahr ein Neffe von ihm bei uns beworben, aber die Stelle nicht erhalten. Es ist klar, dass er Freude hat, wenn er mir jetzt mal ans Bein pinkeln kann.«

Ich berichtete über den aktuellen Stand der Ermittlungen. Die DNA-Spur eines gesuchten Schmuckräubers im Auto von Furrer sowie die offensichtlich gefälschten Sponsoring-Rechnungen waren vielversprechende Spuren, auch wenn wir noch nicht wussten, was sie bedeuteten.

Leider hatten wir bezüglich der Telefonnummern noch keine Antwort aus Polen. So wussten wir immer noch nicht, ob wir hier auf der richtigen Fährte waren.

»Wir müssen heute noch eine Medienkonferenz machen«, entschied Baumann. »Sonst übernehmen die nationalen Medien einfach die Meldung, dass wir nicht voran kommen. Ich rede mit der Justizdirektorin. Vielleicht will sie selbst vor die Medien treten.«

»Und was kommunizieren wir?«, fragte ich.

»Das müssen wir noch besprechen. Ich setze die Medienkonferenz auf den frühen Nachmittag an. Dann haben Sie noch den Vormittag, um Ihre Ermittlungen voranzutreiben. Wir treffen uns am Mittag hier für die Vorbereitung. Alexandra, du bist auch dabei.« Der letzte Satz war keine Frage, sondern eine Feststellung.

Den ersten Teil des Vormittags waren Luca und ich in Kontakt mit zwei Banken und der Post. Wir fanden heraus, dass die Bankkonten des Vereins Operettenfestspiele Basel sowie des Organisationskomitee Zentralschweizer Tanzwoche von Beat Furrer eröffnet worden waren. Er war in beiden Fällen der Einzige, der Zugriff auf die Konten hatte. Eine weitere Gemeinsamkeit waren die Kontobewegungen: Ausser den Zahlungen der Silbertal Versicherung gab es keine weiteren Einzahlungen. Und bei allen vier Einzahlungen wurde das Geld bis auf einen Restbetrag von hundert Franken in bar abgehoben. Beide Konten existierten immer noch.

Auf den Rechnungen an die Silbertal Versicherung hatte der Operettenfestspiel-Verein eine Postfachadresse in Basel angegeben, das Organisationskomitee der Tanzwoche eine Postfachadresse in Luzern. Beide Postfachadressen existierten tatsächlich und waren auch die Kontaktadressen der beiden Banken. Bei der Post waren allerdings Umleitungsaufträge deponiert, mit denen die Post zu einem weiteren Postfach umgeleitet wurde. Dieses dritte Postfach hatte seinen Standort in unserer Stadt und der Besitzer war Beat Furrer.

»Ich glaube, es ist Zeit für einen Besuch bei Frau Furrer«, sagte ich zu Luca.

»Haben Sie meinen Mann gefunden, Herr Goldbacher?«, fragte Barbara Furrer als sie uns die Türe öffnete. Ihr Blick wirkte panisch. Im Vergleich mit der ersten Begegnung vor sechs Tagen wirkte sie um Jahre gealtert.

»Nein, tut mir leid. Aber wir sind bei unseren Nachforschungen auf Sachen gestossen, zu denen wir Ihnen gerne ein paar Fragen stellen möchten. Haben Sie kurz Zeit für uns?«

Während ich Frau Furrer in groben Zügen über die Erkenntnisse der letzten 24 Stunden informierte, konnten wir zusehen, wie eine Welt in ihr zusammen brach. Sie blickte mich entsetzt an und sank in ihrem Sessel zusammen. Aufgrund ihrer Reaktionen hätten wir eigentlich auf die Frage verzichten können, ob sie etwas davon gewusst hatte.

»Um Himmels willen, nein«, antwortete sie. Mit Tränen in den Augen und fast tonloser Stimme fügte sie an: »Ich kann mir nicht vorstellen, dass Beat so etwas getan hat. Ich wüsste auch nicht, warum er so etwas tun sollte. Uns geht es doch gut und er hat ja ein gutes Einkommen.«

Als ich nicht antwortete, ergänzte sie: »Irgendjemand muss das so gemacht haben, dass es aussieht, als wäre Beat Schuld… Oder er wurde gegen seinen Willen in etwas hineingezogen.«

»Nach dem, was wir bis jetzt wissen, hat das Ganze vor etwa eineinhalb Jahren begonnen. Ist Ihnen in dieser Zeit irgendeine Veränderung bei Ihrem Mann aufgefallen?«

Sie zögerte, überlegte und schüttelte schliesslich resigniert den Kopf.

»Frau Furrer, wir möchten möglichst schnell herausfinden, was da passiert ist. Und vor allem möchten wir Ihren Mann möglichst rasch finden. Es würde uns helfen, wenn wir die privaten Kontobewegungen von Ihnen und Ihrem Mann überprüfen könnten. Solange kein richterlicher Beschluss vorliegt, können wir das nur machen, falls Sie uns die Unterlagen freiwillig überlassen.«

»Selbstverständlich«, antwortete sie. Als wir das Haus verliessen, hatten wir die Kontoauszüge der letzten fünf Jahre bei uns – und das von der ganzen Familie, inklusive der Jugendsparkonten der drei Kinder.

»Glaubst du auch, dass sie nichts davon wusste?«, fragte mich Luca auf der Rückfahrt.

»Ja, sonst ist sie eine extrem gute Schauspielerin.«

»Der Chef lässt ausrichten, dass wir alle um 11:45 Uhr hier im Büro sein sollen«, sagte uns Claudia, als wir wieder ins Büro kamen. »Er will mit der Justizdirektorin zu uns kommen.«

»Ok, danke.«

»Du, Markus, ich habe im Labor noch viel zu erledigen. Muss ich da unbedingt dabei sein?«

»Was ist denn so dringend, dass es ausgerechnet um 11:45 Uhr gemacht werden muss?«

»Alles Mögliche… Nein, ehrlich gesagt, nichts. Aber ich hasse solche Sachen. Ich fühle mich in solchen Situationen extrem unwohl.«

»Ich verstehe dich gut, aber du hast leider keine andere Wahl.«

Ich nutzte die verbleibende Zeit für einen Anruf bei der Kripo München und tauschte mit der zuständigen Kommissarin Heller Informationen aus.

»Wenn die DNA-Spuren im Auto zu dem Mann gehören, der beim Auto beobachtet wurde«, erläuterte ich meine Überlegungen, »dann dürfte das der Kleinere von den Beiden sein, die bei Ihnen den Schmuckhändler überfallen haben. Denn der Andere wurde ja als auffallend gross beschrieben.«

»Ja, glaube ich auch. Das wäre wirklich ein grosser Sprung für uns. Wir vermuten, dass die beiden nicht aus Deutschland sind, haben aber bisher keine konkreten Hinweise auf ihre Herkunft.«

Sie überlegte kurz und fuhr dann fort: »Dass Osteuropäer nach Deutschland kommen, einen Überfall machen und wieder in ihre Heimat zurück reisen, ist kein neues Muster. So etwas haben wir ab und zu. Aber dass so jemand in einen Betrugsfall bei dieser Schweizer Versicherung involviert ist, passt eigentlich nicht in die Muster, die wir kennen.«

Wir verabschiedeten uns mit dem Versprechen, uns gegenseitig über neue Erkenntnisse zu informieren.

Mittwoch, 11. Mai, Mittag

Der Besuch von Ursula Matzinger in unserem Teambüro dauerte nicht lange. Die 50-Jährige war mit einer weissen Bluse und braunem Blazer zwar völlig standesgemäss gekleidet, wirkte aber trotzdem weit weniger formell als beispielsweise die deutlich jüngere Staatsanwältin Alexandra Egger. Vielleicht lag es daran, dass ihr Gesicht und ihre langen, dunkelblonden Haare weniger gestylt wirkten. Kurz gesagt, machte sie allein durch ihr Äusseres einen nicht allzu kompetenten Auftritt auf mich.

Leider trug das Gespräch nicht allzu viel dazu bei, den optischen Eindruck zu korrigieren. Frau Matzinger war erst im Vorjahr ins Amt gewählt worden und brachte, wie ich im Internet gelesen hatte, weder Führungserfahrung noch Kenntnisse in den Bereichen Justiz und Polizei mit. Ihre Wahl verdankte sie wohl primär ihrer jahrelangen, wenn auch eher unauffälligen Tätigkeit in der Schulpflege ihrer Gemeinde sowie im Kantonsrat.

Nach der Vorstellung stellte sie zuerst mir, dann auch Luca und Claudia je zwei, drei Fragen, ohne dass dies die steife Atmosphäre aufgelockert hätte.

Über den Stand der Ermittlungen hatte Baumann sie offensichtlich schon vorab informiert. Deshalb fragte sie lediglich nach, ob sich die Vermutung bestätigt habe, dass die Silbertal Versicherung von Beat Furrer betrogen worden war.

»Es gibt noch viele Unklarheiten, aber im Moment sieht es sehr stark danach aus«, antwortete ich.

Sie zögerte einen Moment und beschloss dann, die Veranstaltung, in der auch sie sich offensichtlich nicht besonders wohl fühlte, zu beenden. »So, dann lasse ich Sie weiter Ihre Arbeit machen. Viel Erfolg, ich glaube an Sie!«

Nachdem die Justizdirektorin unser Büro zusammen mit Baumann verlassen hatte, blickte ich meine Mitarbeitenden an. Claudia verdrehte die Augen, Luca unterdrückte ein Grinsen.

Als ich um 12 Uhr im Büro von Thomas Baumann ankam, war Frau Matzinger schon weg. »Wir haben entschieden, dass sie bei der Medienkonferenz nicht dabei ist, sonst bekommt die Veranstaltung zu viel Beachtung», erläuterte er Alexandra und mir.

Baumanns Sekretärin hatte Sandwiches und Früchte besorgt. Während wir uns verpflegten, bereiteten wir die Medienkonferenz vor. Wir besprachen, was wir über den Ermittlungsstand kommunizieren wollten und wie wir die Information aufteilen wollten. Baumann schlug vor, dass er nur die Begrüssung sowie die Moderation übernehmen würde. Hauptreferentin sollte Alexandra Egger sein, damit der Fokus bei der Staatsanwaltschaft lag und nicht bei der von der Lokalzeitung angegriffenen Polizei. Meine Aufgabe war es, über den Fundort des Autos sowie die Spurensuche im Auto zu informieren.

Als um 14 Uhr die Medienkonferenz begann, war ein Dutzend Journalistinnen und Journalisten anwesend. Der kritische Bericht in der Lokalzeitung schien über das

Internet eine gewisse Beachtung erreicht und das Interesse angeheizt zu haben.

Wir gaben nur grob Auskunft über die bisher gewonnenen Erkenntnisse. Wie in solchen Fällen üblich, rechtfertigten wir dies mit »ermittlungstaktischen Gründen«. Wir wollten dem oder den Tätern möglichst keine Hinweise zum Ermittlungsstand liefern. Alexandra sagte lediglich, es gäbe Hinweise auf einen Zusammenhang des Verschwindens von Beat Furrer mit Straftaten in der Schweiz und im Ausland. Und ich ergänzte, dass wahrscheinlich am Tag des Verschwindens von Beat Furrer auch andere Personen im Auto gewesen waren und die Polizei versuche, im Wrack Hinweise auf die Identität dieser Personen zu finden.

Nach dem Informationsteil moderierte Thomas Baumann den Frageteil. Er erteilte den sich meldenden Medienschaffenden das Wort und Alexandra antwortete auf die Fragen.

»Gehen Sie davon aus, dass Herr Furrer überfallen worden ist?«

»Nach dem, was wir bis jetzt wissen, ist das sicher eine naheliegende Schlussfolgerung. Der Umstand, dass wir sein zerstörtes Handy und das im Wald versteckte Auto gefunden haben, aber keine Spur vom Vermissten, wirft natürlich Fragen auf.«

»Könnte es sein, dass er untergetaucht ist und nicht gefunden werden will?«

»Wir können das nicht ausschliessen, haben aber bisher keine Hinweise in diese Richtung.«

»Gibt es einen Zusammenhang zwischen dem Verschwinden von Herrn Furrer und der vermissten Joggerin.«

»Ausser dass beide Personen innert kurzer Zeit verschwunden sind, haben wir bisher keine Hinweise auf einen Zusammenhang.«

»Was ist der Stand der Ermittlungen bezüglich der Joggerin.«

»Im Fall Ivana Gobec haben wir keine neuen Erkenntnisse.«

»Kann es sein, dass sie entführt wurde und irgendwo gefangen gehalten wird?«

»Es gibt keine konkreten Hinweise in diese Richtung, aber selbstverständlich ist das ein Szenario, das wir in Betracht ziehen.«

»Könnte Beat Furrer die Joggerin entführt haben?«

»Nein, zum Zeitpunkt des Verschwindens von Frau Gobec war Herr Furrer zu Hause.«

»Herr Goldbacher hat gesagt, dass wahrscheinlich eine andere Person am Montag mit dem Auto des Vermissten unterwegs war. Woher weiss man das? Und wer ist diese Person?«

Baumann nickte mir zu und ich antwortete: »Eine Zeugin hat einen Mann beim Auto gesehen, bei dem es sich gemäss Beschreibung höchstwahrscheinlich nicht um Beat Furrer handelt. Wir wissen noch nicht, wer diese Person ist.«

Nun Baumann ergriff das Wort: »Bitte haben Sie Verständnis, dass wir im Moment nicht mehr sagen können.

Sobald wir mehr wissen, informieren wir Sie. Danke, dass Sie hierhergekommen sind und auf Wiedersehen.«

Als wir in Baumanns Büro ankamen, meinte er: »So, ich hoffe, die lassen uns wieder eine Weile in Ruhe arbeiten.«

Mittwoch, 11. Mai, Nachmittag

»Markus«, sagte Lea Zurkirchen aufgeregt am Telefon, »ich habe einen Mann am Telefon, der im Wald zwischen Meisingen und Lerchenhof einen Toten gefunden hat. Der Tote ist korpulent und trägt einen schwarzen Anzug. Das könnte doch der Mann sein, den ihr sucht.«

Ich schaute kurz auf die Karte und sagte dann verwirrt: »Das ist oben in den Bergen.«

»Ja, ziemlich abgelegen.«

»Sag dem Anrufer, er soll dort bleiben; wir sind schon unterwegs zu ihm. Lass dir den Standort genau beschreiben oder mit dem Handy senden. Und falls du eine Streife hast, die in der Nähe ist und schneller bei ihm sein kann als wir, dann sollen sie sofort losfahren.«

Luca hatte meine Aufregung bemerkt und schaute mich fragend an.

»Wahrscheinlich haben wir die Leiche von Furrer«, erklärte ich ihm.

Wir holten Claudia aus dem Labor und fuhren sofort mit Blaulicht los. Kaum waren wir unterwegs, erhielt ich eine WhatsApp-Standortmeldung von Lea weitergeleitet. Die Nadel auf der Karte markierte einen Punkt auf einer kurvigen Nebenstrasse, die durch die Berge führte und zwei Täler miteinander verband.

Die Fahrt dauerte rund zwanzig Minuten. Auf dem zweiten Teil der Fahrt musste ich aufpassen, dass mir nicht übel wurde. Denn Luca war kurz vor Meisingen von der Hauptstrasse durch das Mohnbachtal auf die Nebenstrasse abgebogen, welche durch die Berge hinüber ins Lerchenbachtal führte.

Lea teilte mir telefonisch mit, dass keine Streife in der Nähe war und wir deshalb als Erste beim Anrufer eintreffen würden.

Ich vergrösserte auf dem Handy den Kartenausschnitt der Gegend. Ziemlich abgelegen. Kein einziges Dorf entlang der Strasse, welche die beiden dünn besiedelten Täler verband.

Schon bald näherten wir uns der Markierung, welche uns der Anrufer übermittelt hatte. Während wir durch dichten Wald leicht bergab fuhren, instruierte ich Luca: »Jetzt kommt gleich eine Linkskurve. Nach dieser Kurve kommt ein kurzes gerades Stück. Auf diesem geraden Stück überqueren wir einen Bach und genau bei diesem Bach muss es sein.«

Ich staunte nicht schlecht, als wir zur Linkskurve kamen: Vor uns war plötzlich eine tiefe Schlucht und die Gerade auf meiner Karte war in Wirklichkeit eine mehr als hundert Meter lange Brücke.

Auf der Brücke war niemand. Luca hielt in der Mitte an. Wir stiegen alle aus und schauten hinunter in die Schlucht. Bevor ich etwas sah, hörten wir eine Männerstimme von unten rufen: »Ich bin hier unten. Sind Sie von der Polizei?«

»Ja. Wo genau sind Sie? Ich kann Sie nicht sehen.«

»Fast genau unter der Brücke. Nur ein paar Schritte talabwärts. Von Ihnen aus gesehen, rechts vom Bach.«

»Jetzt sehe ich Sie. Wir kommen zu Ihnen runter.«

Die Schlucht war tief und hatte auf beiden Seiten steile Wände. Ohne gute Karte auf dem Handy hätten wir wohl nicht so rasch den steilen Weg gefunden, der zweihundert Meter nach der Brücke von der Strasse abzweigte und hinunter in die Schlucht führte. Unten verlief ein Wanderweg durch die Schlucht. Diesem folgten wir talaufwärts, bis wir unter der Brücke Patrick Grünberg mit seinem braunen Labrador antrafen.

»Ich war auf einer Wanderung. Plötzlich verschwand Juanita da hinten im Gebüsch und begann zu bellen. Als ich nachschaute, fand ich den toten Mann. Juanita ist extrem intelligent.«

»Juanita ist ihr Hund?«

»Meine Hündin. Ein Labrador-Weibchen.«

»Juanita ist ein ungewöhnlicher Name für einen Hund.«

»Ich habe sie nach der wunderbarsten, schönsten und intelligentesten Frau der Welt benannt.«

»Ihre Frau?«

»Nein, leider nicht... Manchmal will das Leben nicht so, wie wir gerne möchten... Ich nehme an, das gilt für den armen Kerl da drüben noch viel mehr als für mich.«

Grünberg deutete auf das Dickicht, in dem sich der Tote befand. In diesem Moment zwängte sich Luca durch das Geäst und kam auf uns zu. Er hatte sich mit Claudia zur Leiche durchgekämpft und sagte nun: »Er ist es.«

Wir boten den Gerichtsmediziner und die Staatsanwältin auf, ausserdem einen Streifenwagen, der Grünberg mit seiner Juanita nach Hause brachte, sowie Verstärkung für die Spurensicherung und den Abtransport des Toten.

Die Leiche von Beat Furrer bot keinen angenehmen Anblick. Es war offensichtlich, dass er von der Brücke hinunter gefallen war. Auch wenn die dichte Vegetation den Sturz am Ende ein wenig abgebremst hatte, hatte die Fallhöhe von schätzungsweise 25 Metern beträchtliche Spuren hinterlassen.

Auf den ersten Blick gab es keine sichtbaren Hinweise, ob Furrer durch den Sturz ums Leben gekommen oder schon vor dem Sturz tot war.

»Ich sehe keine Schusswunden und auch sonst keine Verletzungen, die offensichtlich nicht vom Sturz kommen«, stellte Claudia fest.

»Wenn er einfach Selbstmord gemacht hätte, dann hätte er wohl kaum sein Auto zwanzig Kilometer entfernt im Wald abgestellt und angezündet«, entgegnete Luca.

Wir waren uns einig, dass mindestens eine weitere Person beteiligt gewesen sein musste. »Wahrscheinlich der Mann, den die alte Frau Meyer beobachtet hat«, sagte ich. »Hoffentlich sind wir mit der DNA-Spur vom Überfall in München und mit der polnischen Telefonnummer auf der richtigen Spur.«

»Also Markus, habe ich dir nicht gesagt, dass ich nicht so bald beruflich mit dir zu tun haben möchte?« Die Frage kam von Gerichtsmediziner Norbert Sommer, der gerade die Fundstelle erreicht hatte. Er lächelte entspannt, doch das nasse T-Shirt und die Schweissperlen auf seiner Glatze verrieten die Anstrengung des steilen Abstiegs von der Strasse hinunter in die Schlucht.

»Und dann noch an einem solchen Ort«, ergänzte er, gleichzeitig lachend und kopfschüttelnd. »Aber nach dem, was ich in den letzten Tagen in der Zeitung gelesen habe, habe ich schon vermutet, dass du meinen Wunsch nicht respektierst.« Er lachte laut.

»Ich muss dafür sorgen, dass du nicht aus der Übung kommst. Sonst wird dir der Titel „Gerichtsmediziner" noch aberkannt«, entgegnete ich ebenso ironisch.

Als Norbert Sommer eine Viertelstunde später aus dem Dickicht zurück auf den Wanderweg trat, rümpfte er die Nase und strich sich mit dem Daumen und Zeigefinger der linken Hand über den grauen Schnurrbart.

Er atmete einmal tief ein und aus, bevor er sagte: »Ich nehme an, das ist der Mann, den ihr in den Medien als vermisst gemeldet habt.«

»Soweit man das noch erkennen kann, ja. Die Kleider passen auch zur Beschreibung. Aber Claudia wird noch eine DNA-Analysedurchführen.«

»Gut. Nach dem, was ich aus den Medien weiss, nehmt ihr wohl nicht an, dass er selbst von der Brücke gesprungen ist, oder?«

»Ich bemühe mich, möglichst wenig anzunehmen. Aber falls er Selbstmord begangen hätte, wäre ich froh um eine Erklärung dafür, dass wir ihn hier in den Bergen gefunden haben, aber sein Auto weit entfernt unten in Weissgrund.«

»Gut... Also von aussen sehe ich nichts anderes als die Sturzspuren. Also keine Schusswunden oder sonstigen Verletzungen, die offensichtlich nicht vom Sturz kommen.

Ich lasse ihn ins Institut bringen und schaue ihn dort genauer an. Morgen im Verlauf des Tages erfährst du mehr.«

»Kannst du etwas zum Todeszeitpunkt sagen?«

»Er liegt offensichtlich schon ein paar Tage tot im Wald. Da kannst du nicht mit präzisen Angaben rechnen.«

Inzwischen war auch Staatsanwältin Alexandra Egger eingetroffen und hatte die Leiche gesehen. »Warum wirft jemand sein Opfer hier in die Schlucht und verbrennt dann das Auto an einem ganz anderen Ort?«, fragte sie kopfschüttelnd.

»Ich nehme an, beim Anzünden des Autos ging es darum, Spuren zu verwischen«, antwortete ich.

»Ok, aber das hätte ja man auch hier machen können.«

»Ausser«, meldete sich Luca, »der oder die Täter hatten kein zweites Auto dabei. Wenn du hier dein Auto anzündest, dann hast du einen ziemlich weiten Heimweg. Vom Fundort des Autos aus, kommt man immerhin in kurzer Zeit an eine Strasse, wo man Autostopp machen kann, oder zum Bahnhof Weissgrund.«

»Markus«, sagte Alexandra, »ich muss die Medien heute noch informieren, dass wir die Leiche gefunden haben. Gibst du mir Bescheid, sobald du Frau Furrer informiert hast.«

»Ja, mache ich.«

»Können wir den Medien schon etwas zur Todesursache sagen?«

»Nein. Es gibt nichts, das auf den ersten Blick sichtbar wäre.«

»Das ist zwar nichts für die Medien«, meldete sich Luca, »aber mir ist vorhin aufgefallen, dass der Tote keine Armbanduhr und keinen Ehering trägt. Wir haben mehrere Fotos von Furrer, auf denen man die linke Hand sieht. Und auf allen trägt er Uhr und Ring.«

Wir mussten eine Viertelstunde auf Barbara Furrer warten, da sie gerade ihre Tochter aus der Klavierstunde abholte. Sie reagierte einigermassen gefasst auf die Nachricht, dass ihr Mann tot aufgefunden worden war. Nach den verschiedenen schlechten Neuigkeiten der letzten Tage, war die Nachricht vom Tod ihres Mannes offensichtlich keine allzu grosse Überraschung mehr für sie. Vielleicht war es gar etwas erleichternd, endlich Klarheit zu haben.

»Wie ist er gestorben«, wollte sie wissen.

»Das wissen wir noch nicht. Wir haben ihn unter einer Brücke im Wald gefunden. Mehr wissen wir noch nicht.«

»Kann ich ihn sehen?«

»Ja, Sie müssen ihn identifizieren.«

»Sind Sie nicht sicher, dass er es ist?«, fragte sie verunsichert.

»Doch, wir sind sicher. Aber Sie müssen ihn trotzdem identifizieren. So sind halt die Vorschriften. Es tut mir leid. Könnten Sie sich das morgen Vormittag zwischen acht und neun Uhr einrichten?«

»Ja, das geht… Herr Goldbacher, hat Beat tatsächlich die Versicherung betrogen? Ich kann das immer noch nicht glauben!«

Ich blickte Luca an, da er die Aufgabe übernommen hatte, die Kontobewegungen der Furrers zu analysieren.

»Hier sind wir leider noch nicht viel weiter. Aber ich schaue, dass wir möglichst rasch Klarheit darüber bekommen.«

»Danke«, sagte Barbara Furrer und drückte Luca die Hand.

»Frau Furrer, ich habe noch eine Frage«, lenkte ich das Gespräch auf Lucas Beobachtung. »Trug ihr Mann einen Ehering und eine Armbanduhr?«

»Ja, immer. Warum fragen Sie?«

»Weil wir beides bis jetzt nicht gefunden haben. Sind Sie sicher, dass er die Uhr und den Ring auch am letzten Montag dabei hatte?«

»Ganz sicher. Den Ring hat er Tag und Nach getragen und die Uhr nur in der Nacht abgenommen. Wenn er sie vergessen hätte, wäre sie auf seinem Nachttisch. Und dort ist sie nicht.«

»Der Schmuckräuber von München!« Luca blickte mich an, nachdem wir das Haus der Furrers verlassen hatten.

»Ja, sieht so aus. Aber ich kann mir nicht vorstellen, dass er jemanden umbringt, nur um die Uhr und den Ring zu stehlen. Es muss noch ein anderes Motiv geben. Und ich vermute, dass es etwas mit dem Betrug bei der Silbertal Versicherung zu tun hat.«

Donnerstag, 12. Mai, Vormittag

Beim Frühstück hatte ich mein Tablet neben mir und sah mir die Internetseiten der wichtigsten Schweizer Tageszeitungen an. Alle hatten nicht nur über die Pressekonferenz berichtet, sondern auch über den Leichenfund.

Kurz vor sieben Uhr traf ich im Büro ein, wo mich Luca bereits erwartete. Er sah noch müder aus als am vergangenen Samstag, blickte mich aber mit einem zufriedenen Grinsen an.

»Guten Morgen, Luca. Was gibt's Neues?«

»Ich habe gestern Abend noch die Kontoauszüge der Furrers überprüft. Und ich glaube, ich habe etwas gefunden.«

Es stellte sich heraus, dass Luca bis drei Uhr früh die Kontobewegungen analysiert hatte. Lange hatte er nichts Verdächtiges entdeckt.

»Aber dann habe ich ausgerechnet, wie viel Geld insgesamt pro Monat reinkommt und wie viel rausgeht. Da gibt es natürlich riesige Schwankungen. Aber wenn man alle nachvollziehbaren, unregelmässigen Ausgaben eliminiert, Krankenkasse, Versicherungen, Ferien etc., dann ist der Rest einigermassen konstant. Jedenfalls meistens. Es gibt aber Unregelmässigkeiten: Vor drei Jahren nahmen die Ausgaben einige Monate lang zu. Und zwar von Februar bis Mai. Danach sinkt das Ausgabenniveau wieder auf das normale Niveau. Und ein paar Monate später steigen die Ausgaben wieder, dann sinken sie, steigen nochmal und sinken wieder.«

»Und wofür wurde das zusätzliche Geld gebraucht?«

»Das habe ich nicht herausgefunden. Der Unterschied entsteht vor allem dadurch, dass häufiger Bargeld abgehoben wurde. Und etwas grössere Beträge als sonst. Ausserdem wurde in diesen Phasen auch häufiger mit der Kreditkarte bezahlt als sonst. Die einzelnen Bezüge sind unauffällig. Erst wenn man das Ganze über die verschiedenen Bankkonten und die Kreditkarte hinweg betrachtet, erkennt man den Unterschied.«

»Bist du sicher, dass Beat Furrer allein dafür verantwortlich ist? Was ist mit seiner Frau?«

»Die Auffälligkeiten betreffen das gemeinsame Konto des Ehepaars sowie zwei Konten, die auf seinen Namen lauten. Plus seine Kreditkarte. Bei ihren Konten, ihrer Kreditkarte und den Konten der Kinder habe ich nichts gefunden. Also wenn sie dafür verantwortlich ist, hat sie das sehr raffiniert gemacht. Das traue ich ihr nicht zu.«

»Einverstanden, das sehe ich auch so.«

»Also für mich sieht es wirklich so aus, als wollte er die Mehrausgaben verstecken. Aber das Beste kommt noch!«

»Jetzt bin ich gespannt.«

»Die letzte Phase mit höheren Bezügen endet im vorletzten Sommer, also vor etwas weniger als zwei Jahren. Seither bewegen sich die Ausgaben der Furrers wieder im normalen Rahmen.«

Er schaute mich erwartungsvoll an. Es dauerte einen Moment, bis es mir dämmerte: »Operettenfestspiele Basel«, sagte ich leise.

»Genau. Er hat zuerst eine Weile lang die eigenen Konten geplündert. Und vom Moment an, wo er Geld von der Firma abzweigen konnte, liess er die eigenen Konten wieder in Ruhe.«

»Das heisst, die spannende Frage ist jetzt: Wofür brauchte Beat Furrer so viel Geld? Hatte er ein teures Hobby? Ging er regelmässig ins Casino? Oder wurde er erpresst?«

»Und die zweite Frage ist: Was hat der Mann damit zu tun, der in München den Schmuckhändler überfallen hat und wahrscheinlich aus Polen kommt?«

»Gute Frage. Könnte Furrer irgendwie in die kriminellen Machenschaften der Schmuckräuber involviert gewesen und deswegen erpresst worden sein?«

Es dauerte fast zwei Stunden bis ich die Kontobewegungen der Furrers sowie die Berechnungen von Luca so weit überprüft hatte, dass ich seine Schlussfolgerungen nachvollziehen konnte.

»Ich glaube, du hast Recht, Luca. Es macht wirklich den Eindruck, dass Furrer vorübergehend mehr Geld brauchte. Und vor allem sieht es so aus, das er das Geld in bar brauchte und es möglichst unauffällig von den Bankkonten wegnehmen wollte.«

Ich überlegte kurz und fügte dann an: »Es könnte natürlich sein, dass es eine ganz banale Erklärung gibt. Anschaffungen zum Beispiel, eine neue Heizung, neue Möbel oder so etwas.«

Luca runzelte die Stirn und fragte mich dann: »Wollen wir Frau Furrer fragen, ob sie eine Erklärung hat?«

»Hm, ich glaube, dass sie nichts davon gewusst hat und uns nicht weiterhelfen kann. Und falls ich mich täusche und sie uns etwas verheimlicht, macht sie das so gut, dass es mir lieber ist, wenn sie nicht weiss, wie viel wir schon herausgefunden haben.«

»Und wenn wir sie einfach mal nach grösseren Anschaffungen und anderen grösseren Ausgaben der letzten Jahre fragen, ohne ihr zu sagen, was wir wissen?«

»Gute Idee. Sprichst du mit ihr?«

Später am Vormittag bestellte mich Baumann in sein Büro. Er zeigte mir eine Medienmitteilung des »Schweizer Komitee für Frauenrechte im 3. Jahrtausend«, einer Organisation, von der ich zuvor noch nie gehört hatte.

»Diese Feministinnen haben vor zwei Stunden eine Pressekonferenz gemacht. Sie kritisieren, dass Frauen immer noch überall benachteiligt werden, auch in vielen Bereichen, in denen man es gar nicht merkt.«

»Ok«, sagte ich und blickte Baumann fragend an.

»Als Beleg für ihre Behauptung bringen sie drei aktuelle Beispiele. Und eines davon sind ihre beiden aktuellen Fälle, Goldbacher.«

»Wieso denn das?«

»Sie können es nachher in Ruhe lesen, Goldbacher. Ich habe Ihnen auch ein Exemplar ausgedruckt. Hier. Die Argumentation ist ungefähr so: Eine Frau wird vermisst – die Polizei beginnt mit der Suche. Dann wird auch noch ein Mann vermisst – und die Polizei setzt alle Energie auf die Suche nach dem Mann. Für die Frau macht man nichts mehr.«

»So etwas Absurdes habe ich schon lange nicht mehr gehört. Wie kann man nur auf so eine Idee kommen?«

»Finde ich auch. Aber wir haben in letzter Zeit halt immer nur über die Suche nach Beat Furrer informiert. Die Vermisstmeldung, dann der Fund des Autos, die Medienkonferenz gestern und dann noch der Bericht über den Fund der Leiche. Daraus schliessen sie, dass wir nur noch in diesem Fall ermitteln. Völlig absurd, die haben keinen Schimmer von Polizeiarbeit. Aber leider nicht absurd genug, dass es auch die Journalisten merken. Jedenfalls habe ich schon drei Anrufe von Schreiberlingen erhalten, die eine Stellungnahme verlangt haben.«

»Besser, sie rufen an, statt einfach diesen Mist zu schreiben.«

»Theoretisch schon. Aber die schreiben den Mist ja dann trotzdem. Einfach ergänzt mit meiner Stellungnahme. Mir wäre lieber, sie würden überhaupt nichts schreiben. Und wahrscheinlich gibt es ja auch noch Journalisten, die den Schwachsinn unkommentiert abdrucken.«

»Da haben Sie wohl Recht.«

»Einer der Journalisten hat mir gesagt, die Chefin der Feministinnen habe im Interview gesagt, es sei doch offensichtlich, dass die Joggerin von einem Perversling gekidnappt wurde. Und nun sei sie wohl in irgendeinem Keller gefangen und die Polizei mache nichts, um sie zu finden.«

»Ehrlicherweise muss man natürlich schon sagen, dass wir in den letzten Tagen nicht sehr viel gemacht haben im Fall Ivana Gobec. Aber das hat doch nichts damit zu tun, dass sie eine Frau ist. Es gibt da einfach keine neuen Anhaltspunkte. Alle Hinweise, die wir erhalten haben, sind im Sand verlaufen. Und im Fall von Beat Furrer haben wir laufend neue Erkenntnisse gewonnen.«

»Schon gut, Goldbacher, ich weiss. Natürlich habe ich den Journalisten gesagt, dass wir fast jeden Winkel des Kantons abgesucht und einen renommierten Kriminalpsychologen beigezogen haben. Wann kommt eigentlich dieser Oberli endlich?«

»Heute Nachmittag.«

»Sehr gut.«

Nur wenig später rief mich Baumann nochmals an. Die Justizdirektorin Ursula Matzinger sei inzwischen auch noch von Journalisten angefragt worden, warum die Polizei nichts tue, um Ivana Gobec zu finden. »Wir müssen möglichst rasch Ergebnisse zu diesem Fall haben«, betonte er.

Donnerstag, 12. Mai, Nachmittag

Als nach der Mittagspause der Kriminalpsychologe Stefan Oberli zu uns kam, hatten wir volles Haus im Kripo-Teambüro. In Absprache mit Oberli hatte ich Luca und Claudia eingeladen, an der Sitzung teilzunehmen. Auch unsere Staatsanwältin Alexandra war dabei. Und schliesslich war zu Beginn auch mein Chef Thomas Baumann im Raum, einerseits um den Gast persönlich zu begrüssen, andererseits aber auch, um uns allen in Erinnerung zu rufen, dass es rasche Ergebnisse brauchte, um weitere kritische Medienberichte zu vermeiden. Danach verabschiedete sich Baumann und liess uns arbeiten.

Stefan Oberli erkundigte sich nach neuen Ermittlungsergebnissen. »Leider gar nichts Neues im Fall Ivana Gobec seit wir telefoniert haben«, antwortete ich, »nur im anderen Fall gibt es zahlreiche neue Erkenntnisse.«

Ich erläuterte ihm in zwei, drei Sätzen, was sich im Fall Beat Furrer in den letzten Tagen ergeben hatte. »Je mehr wir zu diesem Fall herausfinden, desto mehr gehen wir davon aus, dass es keinen Zusammenhang mit dem Verschwinden von Ivana Gobec gibt.«

»Gut«, sagte Oberli, »das bedeutet, dass wir immer noch keine konkreten Hinweise haben, was mit Ivana Gobec passiert ist. Vielleicht wurde sie entführt, vielleicht vergewaltigt und ermordet, vielleicht hat sie sich mit einem heimlichen Liebhaber ins Ausland abgesetzt, vielleicht hat sie sich umgebracht, was auch immer.«

»Mein Vorschlag ist«, fuhr Oberli fort, »dass wir uns auf zwei Varianten fokussieren, zu denen ich etwas beitragen kann, nämlich erstens Entführung und zweitens Tötung, allenfalls verbunden mit einer Vergewaltigung. Bei beiden Varianten schauen wir an, was man aus Erfahrung über einen Täter sagen kann und was uns das bei der Suche hilft. Sind Sie damit einverstanden?«

»Tönt plausibel«, antwortete Alexandra und blickte mich an.

»Sie wissen am besten, was ein sinnvolles Vorgehen ist«, sagte ich nickend.

Oberli war Mitte vierzig und machte vom ersten Augenblick an einen vertrauenserweckenden Eindruck auf mich. Er hatte seine dunklen Haare auf zwei, drei Millimeter kurz geschoren. Ausserdem hatte er einen Dreitagebart sowie einen kleinen Ansatz zu einem Schnurrbart – so minim, dass man nicht so recht wusste, ob es Absicht war oder ob er sich lediglich am Morgen nicht rasiert hatte. Den Kontrast zu all diesen kurzen Haaren bildeten die Augenbrauen, die dick über seinen Augen wucherten.

»Beginnen wir mit der Variante Entführung«, schlug Oberli vor. »Wenn ich vorhin Herrn Baumann richtig verstanden habe, wird diese Möglichkeit in den nächsten Tagen wohl auch in den Medien diskutiert werden.

Wenn wir annehmen, dass Ivana Gobec entführt worden ist, müssen wir uns zwei Fragen stellen: Ist sie ein zufälliges Opfer oder stammt der Entführer aus dem Bekanntenkreis? Und: Welche Ziele verfolgen der oder die Entführer?

Also: Ist sie ein zufälliges Opfer oder wurde sie von jemandem aus dem Bekanntenkreis entführt? Wenn ich jemanden entführen will, den ich kenne, hilft es, wenn ich weiss, wann diese Person wo sein wird. Fragt sich also: Konnte man wissen, wann Ivana Gobec wo joggt?«

»Nein, konnte man nicht«, sagte Alexandra. »Sie ist immer andere Routen gerannt.«

»Wer sagt das?«

»Angela Macarro, ihre beste Freundin.«

»Und sonst?«

»Was meinen Sie?«

»Wer sagt das sonst noch?«

Alexandra blickte mich fragend an.

»Sonst hat niemand etwas zu diesem Thema gesagt.«

»Was ist, wenn Frau Macarro die Entführerin ist?«, fragte Oberli.

Betretenes Schweigen.

Stefan Oberli erlöste uns: »Na gut, ich sehe, dass Sie das als unwahrscheinlich einstufen. Wir nehmen jetzt mal an, dass Sie Recht haben. Aber vielleicht versuchen sie ja noch zu überprüfen, ob die Angabe zuverlässig ist.«

Oberli trat an einen der Flipcharts, blätterte das beschriftete Blatt nach hinten und notierte auf ein leeres Blatt: »War die Joggingroute wirklich nicht vorhersehbar?«

Mir wurde bewusst, wie wenig wir über die Jogginggewohnheiten von Ivana Gobec herausgefunden hatten. »Selbst wenn sie ihre Routen wechselte, kann es natürlich sein, dass sie immer an den gleichen Tagen zur gleichen Zeit unterwegs war. Und dass zumindest ein Teil der Strecke immer oder meist identisch war. Wir wissen eigentlich fast gar nichts darüber.«

»Genau. Aber lassen wir das für den Moment und nehmen an, dass Frau Gobec ein zufälliges Opfer ist. Was will jemand, der eine zufällig vorbeikommende Joggerin entführt?«

»Männer sind Schweine«, sagte Claudia halblaut. Sofort biss sie sich auf die Lippen und errötete.

Oberli schmunzelte eine Sekunde lang, dann blickte er wieder ernst in die Runde: »Richtig. Natürlich kann man das nicht so pauschal sagen, aber ich nehme an, Sie haben es auch nicht so pauschal gemeint, Frau Weber.«

»Genau«, antwortete Claudia, rasch nickend und sichtlich erleichtert, dass ihr spontaner Zwischenruf nicht kritisiert wurde.

»Frau Weber hat natürlich völlig Recht. Wenn eine Frau als Zufallsopfer entführt wird, ist der Täter praktisch sicher ein Mann. Und zwar in unserem Kulturkreis in der Regel ein einzelner Mann. Wären wir beispielsweise in Indien, dann müssten wir eher davon ausgehen, dass es sich um eine Gruppe von Männern handelt. Aber hier rechnen wir mit einem Einzeltäter.

Nochmals: Was will der Mann von der Joggerin?«

Alexandra meldete sich: »Er will sie vergewaltigen.«

»Das ist sicher eine realistische Möglichkeit. Man muss es vielleicht etwas allgemeiner sagen: Meist spielen bei einer solchen Entführung sexuelle Motive und Machtausübung eine Rolle.

Also, nehmen wir an, wir liegen richtig: Was für einen Mann suchen wir?«

»Einen, der schon ein ähnliches Verbrechen begangen hat«, versuchte Luca sein Glück.

»Guter Ansatz, Herr Bertoldi. Wiederholungstäter sind in diesem Bereich tatsächlich keine Seltenheit. Diejenigen, bei denen man von einer Rückfallgefahr ausgeht, laufen zwar in der Regel nicht frei herum. Aber wir wissen, dass wir uns bei der Einschätzung der Rückfallgefahr leider manchmal irren.

Also, wenn Sie bei allen, die in der Schweiz in den letzten 20 Jahren ein ähnliches Verbrechen begangen haben, den Aufenthaltsort am betreffenden Abend überprüfen, dann kommen Sie vielleicht ans Ziel.«

»Das dauert ja ewig«, ächzte Luca.

»Ja, das braucht Zeit. Aber wahrscheinlich nicht so viel, wie Sie im Moment denken. Wir reden hier nicht von hunderten von Männern, wenn Sie sich auf die Schweiz beschränken. Und das können Sie wahrscheinlich mit gutem Gewissen tun, denn diese Täter sind meist erstaunlich heimatverbunden. Übrigens: Die meisten von ihnen sind ja ohnehin im Gefängnis. Dort würde ich aber überprüfen, ob es zum betreffenden Zeitpunkt einen Hafturlaub gegeben hat.

Bei denen, die nicht im Gefängnis sitzen, werden Sie sich übrigens nicht sonderlich beliebt machen. Von denen wird natürlich nach jedem Gewaltverbrechen ein Alibi verlangt. Das geht denen verständlicherweise auf die Nerven. Einige gehen entspannt damit um, andere weniger.«

Er ging zum Flipchart und ergänzte »Einschlägig Vorbestrafte überprüfen«.

»Und hoffen Sie«, fügte er an, »dass Sie damit Erfolg haben. Wenn es nämlich keiner von denen ist, dann suchen Sie einen Ersttäter oder einen Wiederholungstäter, der noch nie erwischt wurde. Und das ist natürlich viel schwieriger…«

»Wie sucht man in einem solchen Fall ohne konkrete Hinweise einen Ersttäter?«, fragte ich.

»Von den geschnappten Tätern wissen wir, was für Personen es sind, die solche Verbrechen begehen. In der Regel sind es sozial eher isolierte Männer. Ledig, Single, wenig Erfolg bei Frauen, kleiner Bekanntenkreis beziehungsweise nur oberflächliche Bekanntschaften.«

»Sieht schlecht für mich aus«, witzelte ich.

»Trifft das alles auf Sie zu?«

»Na ja, ich bin Single und kenne hier noch kaum jemanden, da ich erst seit ein paar Wochen hier wohne. Ich würde sagen, dass ich im Moment, abgesehen vom Job, eher zurückgezogen lebe.«

»Wie lange sind Sie schon Single?«

»Erst seit ein paar Monaten. Davor hatte ich eine mehrjährige Beziehung. Rettet mich das?«

»Ja, würde ich schon sagen. Ausnahmen bestätigen zwar die Regel, aber wir reden hier schon von Männern, die ihr Leben lang nie eine ernsthafte Beziehung haben und ein Verbrechen begehen müssen, um ihr Bedürfnis nach Nähe zu Frauen ausleben zu können.

Es kommt übrigens auch häufig vor, dass diese Männer lange bei ihren Eltern wohnen. Wann sind Sie denn aus dem Elternhaus ausgezogen, Herr Goldbacher?«

»Mit 21.«

»Ok, dann streiche ich Sie für den Moment von der Liste der Verdächtigen.« Er schmunzelte.

»Es gibt natürlich auch andere denkbare Ziele, die der Entführer haben könnte«, fuhr Oberli fort. »Erpressung wäre ein Beispiel. Ist aber eher unwahrscheinlich, wenn wir von einem zufälligen Opfer ausgehen. Ausserdem müsste dann ja jemand eine Lösegeldforderung erhalten haben.«

Danach überlegten wir, welche Entführungs-Motive Personen aus dem Bekanntenkreis von Ivana Gobec haben könnten.

»Was für einen Grund könnte jemand haben, Ivana Gobec gezielt zu entführen«, wollte Oberli von uns wissen.

»Ein verschmähter Liebhaber, der unbedingt mir ihr zusammen sein will«, schlug ich vor.

»Gut, warum nicht. Das wäre dann wieder ein ähnlicher Typ Mann, über den wir vorhin gesprochen haben. Andere Ideen?«

»Sie weiss etwas über ihn, was für ihn eine Bedrohung ist«, sagte Alexandra.

Luca schüttelte den Kopf: »Das finde ich nicht plausibel. Nehmen wir Beat Furrer als Beispiel. Der kann es zwar gemäss der Aussage seiner Frau nicht gewesen sein. Aber trotzdem: Wenn Ivana Gobec gewusst hätte, dass er die Silbertal Versicherung betrogen hat, dann wäre es viel einfacher für ihn, sie einfach zu töten, statt sie zu entführen.«

»Ausser sie hat irgendwo Beweise versteckt und der Täter will an die Beweise herankommen«, konterte Alexandra.

»Ok, stimmt, daran habe ich nicht gedacht.«

Im zweiten Teil sprachen wir über die Variante einer Ermordung. Auch hier ging es um die Frage, ob Ivana Gobec zufällig oder gezielt Opfer war, was wieder auf die Frage hinauslief, ob ihre Jogging-Gewohnheiten tatsächlich so unvorhersehbar waren.

»Wenn wir annehmen, dass sie ein Zufallsopfer ist«, meinte Oberli, »dann dürfte der Täter geplant haben, eine Frau zu überfallen. So etwas macht man nicht aus einer spontanen Laune. Die Erfahrung sagt aber, dass so ein Täter seine Tat plant, aber nicht unbedingt die Entsorgung des Opfers. Denn wenn ich irgendwo warte, bis zufällig jemand vorbei kommt, gibt es zu viel Unvorhersehbares – da kann ich nicht allzu weit planen. Wenn ich jemanden vergewaltigen oder einfach töten will – oder beides nacheinander – dann ist mein Fokus auf der Tat und nicht auf dem, was danach passiert.

Was ich damit sagen will. In solchen Fällen ist die Leiche meist gar nicht oder nur schlecht versteckt. Sie wäre wahrscheinlich längst gefunden worden.

Wenn ich hingegen gezielt Ivana Gobec ermorden will, liegt der Fall etwas anders. Was ist mein Grund, sie zu töten? Habe ich mein Ziel mit der Tötung erreicht und kann sie einfach liegen lassen? Oder will ich aus einem bestimmten Grund nicht, dass sie gefunden wird? Habe ich Angst, dass man mit ihrer Leiche Hinweise auf mich findet? Und ist diese Angst grösser, als die Angst, beim Verstecken der Leiche gesehen zu werden?

Das heisst: Als Mörder wäge ich Risiken ab. Nicht unbedingt bewusst, aber auch wenn ich es unbewusst mache, beeinflusst es meine Handlungen.

Wenn wir von einem Mord ausgehen, deutet der Umstand, dass wir bisher keine Leiche gefunden haben, eher auf eine gezielte Tat hin. Oder darauf, dass Mord nicht die richtige Annahme ist…«

Das Gespräch mit Oberli dauerte fast zwei Stunden. Nachdem sich der Kriminalpsychologe auf die Heimreise gemacht hatte, beschlossen wir, uns für den Rest des Nachmittags auf die einschlägig Vorbestraften zu konzentrieren und am nächsten Morgen zu besprechen, wie wir herausfinden wollten, ob es einen Täter in Bekanntenkreis geben konnte.

Luca, Claudia und ich arbeiteten zu dritt an der Überprüfung bekannter Gewalttäter und Vergewaltiger. Wie Oberli vorausgesagt hatte, waren die meisten von ihnen im Gefängnis, keiner davon zur fraglichen Zeit in Hafturlaub. Von denen, die auf freiem Fuss waren, lebte keiner in unserem Kanton oder in unmittelbarer Nähe. Wir beauftragten deshalb die jeweils zuständigen lokalen Polizeistellen, die Alibis für den Abend des ersten Mai zu ermitteln.

Kurz vor 17 Uhr hatten wir die Liste durchgearbeitet. Es blieb uns nur noch, auf die Rückmeldungen der Polizeistellen aus anderen Kantonen zu warten.

Ich ging kurz zu Baumann. Zwar konnte ich keine Ergebnisse vorweisen, aber immerhin über konkrete Aktivitäten berichten.

Als ich nach wenigen Minuten zurück kam, berichtete Luca von zwei Anrufen während der kurzen Abwesenheit: »Norbert Sommer lässt ausrichten, dass er noch etwas mehr

Zeit braucht für die Untersuchung der Leiche von Beat Furrer. Offenbar hat er interessante Ergebnisse, die er noch einmal überprüfen will.«

»Was denn?«

»Das wollte er nicht sagen. Nicht einmal etwas zur Todesursache. Er meldet sich morgen Vormittag bei dir.

Und der zweite Anruf kam von Alexandra. Sie hat via Bund eine Antwort aus Polen erhalten. Die beiden Handynummern sind Prepaid-Anschlüsse, beide nicht registriert. Offenbar ist das in Polen immer noch möglich.

Jedenfalls weiss man nicht, wem die Nummern gehören. Und weil von beiden Handys seit mehr als einer Woche keine Signale mehr registriert wurden, nehmen die Polen an, dass sie nicht mehr benutzt werden oder die SIM-Cards ausgewechselt wurden. Sie wollen nun versuchen, aufgrund älterer Daten herauszufinden, wer die Handys benutzt haben könnte. Das ist ziemlich viel Aufwand, aber wegen dem möglichen Zusammenhang mit dem Fall in München, sind die polnischen Behörden sehr kooperativ.

Alexandra sagt, die Polen hätten auch schon die Kripo in München über ihre ersten Erkenntnisse informiert.

Und Alexandra hat mir den Namen und die Telefonnummer des zuständigen Mitarbeiters bei der polnischen Polizei gegeben. Wir haben das OK, direkt mit den Polen Kontakt aufzunehmen, wenn wir wollen. Allerdings spricht der zuständige Mann dort offenbar nur schlecht englisch.«

»Ich kann ein wenig Polnisch«, meldet sich Claudia. Es klang fast ein wenig schüchtern. Als Luca und ich sie erstaunt anblickten, ergänzte sie: »Ein Ex-Freund von mir kommt aus Polen. Damals habe ich ein wenig Polnisch gelernt, um mit seinen Verwandten sprechen zu können.«

»Gut«, sagte ich zu Claudia, »könntest du morgen mal dort anrufen? Ich habe im Moment kein konkretes Anliegen. Es geht mehr darum, mal Kontakt zu knüpfen, zu hören, ob es noch zusätzliche Informationen gibt, und unsere Hilfe und unsere Informationen anzubieten. Wenn wir mal Unterstützung brauchen, sind solche Kontakte wertvoll.«

»Ist gut, mache ich. Zgoda!«

Freitag, 13. Mai, Vormittag

Am Freitagmorgen machte ich mit Alexandra, Claudia und Luca eine Besprechung zum weiteren Vorgehen im Fall Ivana Gobec.

»Bisher sind wir davon ausgegangen, dass der Täter nicht aus dem Umfeld von Ivana Gobec kommt. Wenn wir sicher sein wollen, dass wir uns da nicht irren, müssen wir mehr über die Vermisste wissen«, fasste ich die Erkenntnisse des Vortages zusammen.

Wir beschlossen, die Eltern, die beste Freundin Angela Macarro, die Chefin, die Arbeitskollegin und die Nachbarn nochmals zu befragen. Wir wollten ganz allgemein mehr über Ivana Gobec erfahren, um mögliche Motive zu erkennen. Und zusätzlich wollten wir mehr über die Jogging-Gewohnheiten wissen, um abschätzen zu können, ob jemand eine Chance gehabt hatte, ihr gezielt aufzulauern.

»Hat noch jemand eine Idee, was wir noch fragen sollten?«, fragte ich in die Runde.

Während ich einen Moment wartete, damit Alexandra, Luca und Claudia nachdenken konnten, erinnerte ich mich an das Telefongespräch mit dem Ex-Freund der Vermissten. Plötzlich hatte ich eine Idee.

»Wovon lebt eigentlich Ivana Gobec?«

Alle blickten mich verwirrt an. »Sie arbeitet doch in einem Coiffeursalon«, sagte Alexandra.

»Ja, mit einem 60-Prozent-Pensum. Claudia, du warst mit mir in ihrer Wohnung: Wie sieht es in der Wohnung aus?«

Claudia überlegte eine Weile: »Ich glaube, ich verstehe, was du meinst. Es macht alles einen sehr eleganten Eindruck. Die Möbel sind sicher nicht von IKEA. Alles, was ich an technischen Geräten gesehen habe, Fernseher, Computer etc., ist sicher höhere Preisklasse. Und im Schlafzimmer hat sie ziemlich viel Schmuck, der auch nicht billig aussieht… Und ausserdem: Die Wohnung ist eine Viereinhalb-Zimmer-Wohnung. Relativ gross für eine einzelne Person. Erstaunlich, wenn man bedenkt, dass sie nur 60% arbeitet.«

»Meint ihr, sie hat noch ein anderes Einkommen«, wollte Alexandra wissen.

»Keine Ahnung«, antwortete ich. »Ihr Ex-Freund hat gesagt, dass sie immer eingeladen werden wollte. Wahrscheinlich ist sie einfach sehr talentiert darin, andere bezahlen zu lassen.«

»Hm, ein delikates Thema«, sagte Alexandra. »Ivana Gobec ist verschwunden und deshalb als Opfer zu betrachten. Wenn wir jetzt beginnen, kritische Fragen über sie zu stellen, haben wir rasch die Familie und die Medien auf dem Hals. Aber erkundigt euch doch bei den Befragungen ganz harmlos danach, warum sie nur 60 Prozent arbeitet und ob sie noch einen anderen Job hat. Mal sehen, was da rauskommt. Dann entscheiden wir anschliessend, ob wir zu diesem Thema tiefer graben.«

Den Rest des Vormittags führten Luca und ich die Befragungen im Umfeld von Ivana Gobec durch. Wir teilten uns so auf, dass jeder primär diejenigen Personen befragte, mit denen er noch nicht gesprochen hatte. Das erleichterte es, bereits gestellte Fragen noch einmal zu stellen. Und vor allem erlaubte es uns, später unsere Eindrücke zu vergleichen.

Luca kontaktierte den Ex-Freund Urs Nagel, die beste Freundin Angela Macarro sowie die Nachbarn Sophie und Frank Graf. Auf meiner Liste standen die Eltern Anna und Damir Gobec, die Inhaberin des Coiffeursalons Annemarie Michel sowie die Arbeitskollegin Sandra Casellini.

Während ich im Coiffeursalon war, rief mich Lea Zurkirchen aufs Handy an: »Norbert Sommer hat angerufen. Er möchte, dass du um 14 Uhr zu ihm kommst. Er will dich über die Ergebnisse der Obduktion informieren. Geht das?«

»Ja, kann ich einrichten.«

»Gut. Ich gebe ihm Bescheid.«

Freitag, 13. Mai, Mittag

Zum Mittagessen traf ich mich mit Luca in einem chinesischen Restaurant. Wir berichteten uns gegenseitig über die Befragungen. Viel mehr hatten wir beide leider nicht herausgefunden. Ivana Gobec hatte ihre Pensumsreduktion überall mit dem Wunsch nach mehr Freizeit und mehr Lebensqualität begründet. Ausser dem Ex-Freund Urs Nagel schien sich niemand gross Gedanken darüber gemacht zu haben, ob sie mit dem tieferen Einkommen zurecht kam. Und für Urs Nagel war die Antwort klar: Er hatte selbst einige Monate dafür gesorgt, dass Ivana Gobec sich alles leisten konnte, was sie wollte.

»Er meint, sie habe sicher wieder so jemanden gefunden«, berichtete Luca.

Von Angela Macarro hatte Luca erfahren, dass Ivana in den letzten Jahren mehrere Beziehungen hatte, die aber nie lange gedauert hatten. Die Eltern konnten mir zu diesem Thema nicht detailliert Auskunft geben. Ivana hatte ihnen nicht jeden ihrer Freunde vorgestellt.

»Die Eltern haben mir erzählt, dass sie deswegen mehrmals Streit mit Ivana hatten«, berichtete ich. »Die Mutter hat Ivana ein paar Mal gefragt, wann sie endlich heirate und Kinder bekomme. Und nachdem Ivana mal mit einem Freund bei den Eltern zu Besuch war, eskalierte das Ganze: Dem Vater passte der Mann nicht und er meinte, Ivana solle doch einen Kroaten heiraten. Für die Mutter war der Mann in Ordnung, sie wollte einfach möglichst rasch eine Hochzeit und Enkelkinder. Ivana wollte von all dem nichts hören, es wurde laut und gab Tränen. Und seither ist das ein Tabuthema.«

»Wie lange ist das her?«

»Sie wissen es nicht mehr genau. Vier oder fünf Jahre. Und an den Namen des Freundes können sie sich auch nicht erinnern.«

Auch bezüglich Jogging-Gewohnheiten waren wir nicht viel weiter gekommen. Von den Personen, mit denen wir gesprochen hatten, hatte sich niemand für das Thema interessiert. Und Ivana hatte offenbar auch kaum von sich aus darüber erzählt.

»Urs Nagel war ein paar Mal mit Ivana Gobec joggen«, erzählte Luca. »Aber immer nur, wenn sie bei ihm war. Nie von ihrer Wohnung aus, weil er nie Jogging-Kleider dabei hatte, wenn er bei ihr übernachtete. Er sagt, sie habe ihn die Strecke auswählen lassen, aber als er beim dritten Mal wieder die gleiche Strecke laufen wollte, habe sie nach Alternativen gefragt, damit es nicht langweilig werde.«

»Was hat er sonst noch gesagt?«

»Sie ist offensichtlich ziemlich fit. Die Strecke, die sie beim ersten und zweiten Mal gelaufen sind, ist 12 Kilometer lang, danach sind sie noch einmal 17 und einmal 15 Kilometer gelaufen. Er sagt, er brauche etwa fünf Minuten pro Kilometer und sie habe problemlos mithalten können. Wahrscheinlich laufe sie allein noch schneller.«

»Und die Strecken?«

»Ich habe notiert, wo sie durchgelaufen sind. Aber ich denke nicht, dass es uns hilft, weil er jeweils die Strecke gewählt hat. Offenbar war es ihr wirklich ein Anliegen, immer wieder andere Routen zu laufen.«

Unsere Gespräche gaben auch keine Hinweise auf weitere Personen, mit denen Ivana Gobec engen Kontakt hatte.

»Ich kenne das Fitnesscenter, das sie regelmässig besuchte«, sagte Luca noch. »Ich könnte dort mal mit den Angestellten reden. Vielleicht kennt jemand von denen sie besser. Oder von den Besuchern.«

»Gute Idee.«

Da wir beide vom chinesischen Restaurant nicht begeistert waren, wechselten wir für den Kaffee in den Starbucks nebenan. Danach fuhren wir wegen der Obduktionsergebnisse zu Norbert Sommer.

Freitag, 13. Mai, Nachmittag

Kurz bevor wir beim Gerichtsmediziner ankamen, sah ich die Staatsanwältin Alexandra Egger, die zu Fuss unterwegs war. Ich hielt an und liess sie einsteigen. Auch sie war ohne nähere Angaben auf 14 Uhr zu Norbert Sommer bestellt worden.

Der Gerichtsmediziner begrüsste uns mit ernster Miene und bat uns an seinen Besprechungstisch. Dann holte er eine Mappe von seinem Pult, setzte sich, nahm einige Blätter aus der Mappe, setzte die Brille auf und überflog kurz die Unterlagen. Er kratzte sich am Kopf, runzelte die Stirn, legte die Blätter zurück, nahm die Brille ab und blickte in die Runde.

Es dauerte nochmals ein paar Sekunden, bis er endlich anfing: »Ich mache so etwas ja nicht zum ersten Mal. Ich weiss ungefähr, womit ich rechnen muss, wenn ein Mann von einer Brücke gefallen ist. Und wenn man Grund zur Annahme hat, dass er schon vorher tot gewesen sein könnte und vielleicht runter geworfen wurde. Ich weiss auch, was ich dann alles untersuchen muss.«

Norbert atmete einmal tief durch, bevor er fortfuhr. »Ich habe alles nochmals überprüft. Deshalb hat es länger gedauert.«

»Mach es nicht so spannend«, sagte Alexandra etwas ungeduldig.

»Alle äusseren Verletzungen sind post mortem eingetreten.«

»Was heisst das?«

»Post mortem heisst: nach dem Tod.«

»Ich weiss. Ich hatte auch Latein im Gymnasium.« Alexandra wirkte verärgert.

»Er ist an einem Herzinfarkt gestorben.«

Einen Augenblick lang war es völlig still im Raum. Alle blickten ungläubig zu Norbert.

»Norbert«, sagte Alexandra schliesslich, »ich schätze deinen Humor. Aber jetzt würde ich gerne erfahren, woran Beat Furrer wirklich gestorben ist.«

»Das war kein Witz. Er hatte einen Herzinfarkt und ist höchstwahrscheinlich daran gestorben. Die Herzobduktion ergab einen Stenosegrad von vier, das heisst einen kompletten Verschluss der Koronararterie. Alle äusseren Verletzungen sind wie gesagt post mortem eingetreten. Es sind typische Verletzungen für einen Sturz aus grosser Höhe.«

»Bist du sicher?«, fragte ich.

Norbert setzte die Brille wieder auf und nahm die Unterlagen aus der Mappe. Er erläuterte wortreich, was er wie untersucht hatte und welche Schlussfolgerungen man aus welchen Ergebnissen ziehen konnte. Man sah aus den Gesichtern, dass Luca und Alexandra ebenso wenig verstanden wie ich. Schliesslich kam Norbert zum Fazit: »Es gibt nicht den geringsten Zweifel! Ich habe alles nochmals überprüft und ich bin sicher, dass mir kein Fehler unterlaufen ist.«

Alexandra, Luca und ich blieben stumm, da wir wohl alle überlegten, was davon zu halten war. Norbert unterbrach unsere Gedanken, indem er anfügte: »Ganz unplausibel ist es nicht. Er war ja offensichtlich stark übergewichtig.

Und der Zustand seiner Organe deutet auf ungesunde Ernährung hin. Ich würde sagen, er war durchaus ein typischer Risikopatient.«

Nachdem wir das Institut verlassen hatten, meinte die Staatsanwältin: »Ich halte Norbert für ausgesprochen kompetent. Aber das passt einfach nicht zu allem, was wir bisher wissen. Irgendetwas muss er übersehen haben. Ich frage mich, ob wir die Obduktion nicht überprüfen lassen sollen… Ich glaube, ich frage mal meinen Chef, was er dazu meint.«

Ich fuhr mit Luca nach Sonnenberg. Frau Furrer war zwar ebenfalls überrascht über das Obduktionsergebnis, aber weniger erstaunt als wir.

»Ja, er hatte Herzprobleme. Der Hausarzt hat ihn zum Kardiologen geschickt und ihm immer wieder gesagt, dass er die Ernährung umstellen und abnehmen muss. Der Arzt hat ihm auch gesagt, dass er unbedingt ein wenig Sport treiben soll. Aber Beat hat das nicht interessiert. Er sagte immer, bei seinem Job habe er keine Zeit für solche Sachen. Ehrlicherweise muss man sagen, dass er auch gar keine Lust hatte, irgendetwas zu verändern.«

Sie gab uns den Namen und die Adresse des Hausarztes und wir fuhren sofort dorthin. Es brauchte etwas Überzeugungsarbeit, dass uns die Praxisassistentin trotz vollem Wartezimmer als Nächste zum Arzt liess.

Doktor Stefan Wolf reagierte zuerst eher zurückhaltend auf unseren Besuch: »Ich darf Ihnen keine Auskunft über

Herrn Furrer geben. Arztgeheimnis, das wissen Sie ja sicher.«

»Selbstverständlich. Wir erwarten nicht, dass Sie uns über Details zu Ihren Untersuchungen und Behandlungen informieren. Ich habe nur eine sehr allgemeine Frage«, versuchte ich zu beschwichtigen.

»Nämlich?«

»Die ersten Untersuchungen deuten darauf hin, dass Herr Furrer einen Herzinfarkt hatte. Frau Furrer hat uns gesagt, dass ihr Mann wegen Herzproblemen bei Ihnen war.«

»Ja. Ich glaube, so viel darf ich Ihnen schon sagen.«

»Seine Frau sagt, er hätte abnehmen, Sport treiben und die Ernährung umstellen sollen.«

»Ja, ich habe ihm das immer wieder gesagt. Aber davon wollte er nichts hören. Er hat erwartet, dass er drei Tabletten schlucken kann und dann wieder gesund ist.«

»Falls sich das mit dem Herzinfarkt bestätigen würde: Das wäre also keine grosse Überraschung für Sie?«

»Eine grosse Überraschung? Nein, das nicht. Aber wissen Sie: So etwas kann man ja nicht wirklich vorhersehen. Herr Furrer war sicher viel stärker gefährdet als Sie beide es sind. Also: Achten Sie weiterhin auf Ihre Gesundheit.«

Er stand auf und streckte mir die Hand entgegen. »So, Herr Goldbacher, jetzt muss ich mich wieder um meine Patienten kümmern. Weitere Fragen kann ich Ihnen nur mit dem schriftlichen Einverständnis von Frau Furrer beantworten.«

Freitag, 13. Mai, später Nachmittag

Ich rief Alexandra an und berichtete ihr von den Gesprächen mit Frau Furrer und Doktor Wolf. Sie bat mich, zusammen mit Luca für eine Besprechung in ihr Büro zu kommen.

Als wir bei ihr eintrafen, wirkte sie ziemlich ratlos: »Herzprobleme – das ist ja schön und gut, aber für mich passt es einfach nicht zusammen. Wenn er einfach so einen Herzinfarkt gehabt hätte, dann würde es doch überhaupt keinen Sinn machen, ihn über eine Brücke zu werfen und danach sein Auto anzuzünden. Wer würde so etwas machen? Und warum?«

»Ich kann mir das auch nicht erklären«, antwortete ich. »Jemand macht sich extrem viel Mühe, etwas zu vertuschen. Das würde man ja nicht tun, wenn da gar nichts wäre.«

»Norbert muss etwas übersehen haben. Ich habe mit meinem Chef gesprochen. Er findet auch, dass wir eine zweite Obduktion in Auftrag geben sollen. Ich werde nachher gleich einen Gerichtsmediziner aus einem anderen Kanton suchen, der das so rasch wie möglich erledigen kann.«

Nach einer kurzen Pause fügte sie an: »Norbert wird mich dafür hassen, aber darauf kann ich keine Rücksicht nehmen.«

»Ja, du hast Recht. Ich wüsste auch nicht, was wir sonst in diesem Fall im Moment unternehmen könnten.«

»Ich schlage vor«, sagte Alexandra, »dass ihr den Fall Beat Furrer ruhen lasst, bis wir die Ergebnisse der zweiten

Obduktion haben. Dann könnt ihr euch in der Zwischenzeit wieder auf die Suche nach Ivana Gobec konzentrieren.«

»Ich finde«, sagte nun Luca, »wir sollten genauer überprüfen, mit wem Ivana Gobec noch Kontakt hatte. Die bisherigen Befragungen haben da zu wenig ergeben. Ich glaube, da muss noch mehr sein.«

»Und wie stellst du dir das vor«, wollte Alexandra wissen.

»Facebook-Konto, Computer und Handy überprüfen, Tagebuch lesen, falls sie eines hat, und so weiter. Einfach alles überprüfen, was uns mehr über das Leben von Ivana Gobec sagt.«

»Puh, ich weiss nicht, ob ich dem zustimmen kann. Das ist ein grosser Eingriff in die Privatsphäre. Solange wir keine konkreten Hinweise haben, dass das Verschwinden etwas mit dem Privatleben zu tun hat, finde ich das nicht angemessen.«

»Ich finde, dass Luca Recht hat«, sagte ich. »Falls Frau Gobec irgendwo gefangen gehalten wird, sind wir ihr schuldig, alles zu tun, um sie zu finden. Es ist viel weniger schlimm, die Privatsphäre zu verletzen als nichts zu tun.«

»Das ist unfair! Es ist ja nicht so, dass wir nichts tun«, entgegnete Alexandra.

Sie schwieg einen Moment und fügte dann an: »Ich verstehe euer Anliegen. Aber ich weiss nicht, ob der Zweck hier die Mittel heiligt. Gebt mir doch über das Wochenende Zeit, mir das zu überlegen. Jetzt muss ich erst mal die zweite Obduktion von Beat Furrer veranlassen.«

Montag, 16. Mai

Am Montagmorgen gab Alexandra die Einwilligung, alle verfügbaren Informationen über Ivana Gobec zu beschaffen und zu analysieren.

Das Handy der Vermissten hatten wir bereits bei uns. Bisher hatten wir aber nichts anderes damit gemacht, als die Fingerabdrücke gesichert.

»Kann man das Passwort knacken«, wollte ich von Claudia wissen.

»Es kann eine Weile dauern, vor allem wenn sie einen guten Code gewählt hat. Aber ich sollte es hinkriegen.«

Während sich Claudia dem Handy widmete, suchten Luca und ich mehrere Stunden lang in der Wohnung von Ivana Gobec nach Dingen, die uns weiterbringen konnten. Neben dem Laptop packten wir alle Ordner ein, in denen sie Kontoauszüge, Steuererklärungen, Rechnungen, Quittungen etc. aufbewahrte. Sonst fanden wir nichts Relevantes.

Zurück im Büro stellten wir fest, dass die Bankkontoauszüge alle mehr als drei Jahre alt waren. Offensichtlich hatte Ivana Gobec schon vor Jahren auf elektronische Kontoauszüge umgestellt.

»Hoffen wir mal, dass wir das Passwort des Laptops knacken können und dass sie ihre Kontoauszüge auf der Festplatte gespeichert hat«, sagte ich zu Luca. »Sonst müssten wir die Kontoauszüge via Staatsanwaltschaft bei den Banken anfordern. Das würde ewig dauern.«

Da wir es bis zum späteren Nachmittag nicht geschafft hatten, die Passwörter von Handy und Computer herauszufinden, baten wir Alexandra doch noch, Kontoauszüge bei der Bank anzufordern. Dank der Steuererklärung wussten wir immerhin, dass Ivana Gobec nur bei einer Bank Kundin war.

Bei der ersten Durchsicht von Rechnungen und Quittungen sowie alten Bankkonto-Auszügen, die wir aus der Wohnung mitgenommen hatten, fanden wir nichts, das uns besonders aufgefallen wäre. Kurz nach 17 Uhr machten Luca und ich etwas enttäuscht Feierabend. Claudia blieb noch am Pult sitzen und sagte: »Ich bleibe noch einen Moment und versuche, ob ich nicht doch noch das Passwort des Handys oder des Computers rausbekomme.«

Dienstag, 17. Mai, Vormittag

Als ich am Dienstagmorgen beim Frühstück sass, war ich richtig schlecht gelaunt. Ich hatte schlecht geschlafen. Der Hauptgrund für die schlechte Laune war allerdings nicht der Schlafmangel, sondern die Tatsache, dass wir in beiden Fällen nicht vom Fleck kamen. Bei Beat Furrer hatten sich zwar zahlreiche interessante Informationen angesammelt, aber sie wollten sich einfach nicht zu einem stimmigen Bild zusammenfügen. Und alle Aktivitäten der letzten Tage im Fall Ivana Gobec hatten keine relevanten Erkenntnisse gebracht.

Während ich beim Frühstück sass, erkannte ich, dass das Schlimmste an der schlechten Laune war, niemanden zu haben, mit dem ich über meine Probleme reden konnte. Der Umzug hatte mich entwurzelt. Sobald mir die Arbeit etwas mehr Zeit liess, musste ich mich unbedingt darum bemühen, einige Kontakte in meine alte Heimat aufrechtzuerhalten, und vor allem am neuen Wohnort ein neues Umfeld aufzubauen.

Gegen acht Uhr kam ich ins Gebäude der Kantonspolizei und fand das Teambüro der Kriminalpolizei leer. An meinem Arbeitsplatz lagen der Laptop und das Handy von Ivana Gobec, zwei USB-Sticks sowie zwei Blätter. Das obere der beiden Blätter enthielt eine handgeschriebene Notiz:

Guten Morgen Markus

Ich komme heute etwas später zur Arbeit, da es gestern ziemlich spät geworden ist.

Ich habe das Passwort des Computers von Ivana herausgefunden.

Auf den beiden USB-Sticks (je ein Exemplar für dich und für Luca) sind sämtliche Dokumente, die Ivana auf dem Computer abgespeichert hat. Besonders nützlich ist wahrscheinlich die Datei Passwörter.doc, die ich dir auch noch ausgedruckt habe. Dort findest du auch den Handy-Code.

Bis später.

LG Claudia

Mit einem Schlag war meine schlechte Laune weg! Claudia hatte den Schlüssel gefunden. Falls Ivana Gobec gezielt überfallen worden war, hatten wir nun gute Chancen, Motiv und Täter zu finden.

Ich startete meinen Computer und schloss einen der USB-Sticks an. Der Datenträger enthielt hunderte von Dokumenten, aufgeteilt in etwa ein Dutzend Ordner. Allerdings waren viele Dokumentennamen nicht selbsterklärend, sodass wir wahrscheinlich viele Dateien öffnen mussten, um zu erkennen, ob sie relevant waren oder nicht.

Das Blatt mit den Passwörtern zeigte, dass Ivana Gobec offensichtlich Kundin zahlreicher Online-Shops war.

Bevor ich mich in die Inhalte vertiefen konnte, traf Luca ein. Ich zeigte ihm die Nachricht von Claudia und den Inhalt der USB-Sticks. Da sonst keine dringenden Arbeiten anstanden, beschlossen wir, sofort mit der Analyse zu beginnen. Luca nahm den zweiten USB-Stick zu sich und prüfte als Erstes die Bankkonto-Auszüge und Kreditkarten-Abrechnungen, die Ivana Gobec fein säuberlich auf ihrem Computer abgespeichert hatte. Ich konnte mich dank der Passwortliste ins E-Mail-Konto der Vermissten einloggen und sichtete die dort abgespeicherten Nachrichten.

Gegen halb zehn tauchte Claudia im Büro auf. Sie genoss ihren Erfolg sichtlich. Wir machten zu dritt eine lange Kaffeepause, um das erfolgreiche Knacken des Computers gebührend zu feiern.

Nach der Kaffeepause kontaktierte Claudia mehrere Spezialisten aus anderen Kantonen. Sie liess sich darüber informieren, wie man gelöschte Dateien wiederherstellen konnte, und versuchte anschliessend, das neu erworbene Wissen am Computer von Ivana Gobec einzusetzen.

Dienstag, 17. Mai, Mittag und Nachmittag

Gegen 11 Uhr klingelte Claudias Telefon. »Hoppla«, sagte sie, als sie auf den Display blickte. Dann atmete sie einmal tief durch, bevor sie den Hörer nahm und sich meldete.

Als sie einige Worte sagte, die für mich polnisch klangen, verstand ich ihre Reaktion.

Das Gespräch dauerte eine gute Viertelstunde. Claudia sagte nicht viel. Meist hörte sie nur zu, ab und zu notierte sie sich etwas. Das Wenige, das sie sagte, verstand ich nicht. Entsprechend erwartungsvoll blickte ich sie an, als sie den Hörer auflegte.

»Es geht um die Telefonnummer in Polen, die am 2. Mai wahrscheinlich von dem Mann angerufen wurde, der neben dem Auto von Beat Furrer stand.«

»Was ist damit?«

»Sie ist ja ebenfalls nicht registriert und wird inzwischen auch nicht mehr verwendet. Aber die polnische Polizei hat aufgrund der Handydaten von Ende April und Anfang Mai analysiert, wo sich der Besitzer des Handys bewegt hat. Und mit diesen Informationen haben sie versucht herauszufinden, wer es sein könnte.«

»Und?«

»Gestern haben sie in einem Dorf südlich von Krakau einen Mann verhaftet. Tomasz Janowski, 28 Jahre, 1.97 Meter gross.«

»Der Grössere der beiden Schmuckräuber von München?«

»Ja. Ein DNA-Test bestätigt das. Er verweigert zwar die Aussage, aber man hat in seinem Haus einige Schmuckstücke gefunden, die aus dem Raubüberfall in München stammen.«

»Aber unseren Mann haben sie nicht, oder?«

»Nein, aber sie haben eine teure Schweizer Armbanduhr gefunden und einen goldenen Ehering, in den der Name Barbara eingraviert ist.«

»Im Ernst?«, fragte Luca.

»Ja. Die polnische Polizei schickt mir gleich ein paar Fotos. Wir sollen möglichst rasch überprüfen, ob die Uhr und der Ring Beat Furrer gehören.«

Diese Neuigkeiten zwangen uns, die Arbeiten am Fall Ivana Gobec zu unterbrechen. Während Luca versuchte, Anhaltspunkte für Aktivitäten oder zumindest einen Aufenthalt von Tomasz Janowski in der Schweiz zu finden, fuhren Claudia und ich nach Sonnenberg.

Barbara Furrer war nicht zu Hause und auch auf dem Handy nicht erreichbar. Von einer Nachbarin erfuhren wir, dass sie in der Schule war, da die Klasse ihres jüngsten Sohnes Besuchstag hatte.

Als wir bei der Schule ankamen, war es schon kurz vor zwölf. Deshalb verzichteten wir darauf, Barbara Furrer aus der Schulstunde zu holen und warteten, bis sie das Schulhaus verliess.

Sie erkannte die Uhr ihres Mannes sofort. Zum Ring sagte sie: »Ja genau, so sieht er aus. Aber der ist ja nicht so speziell wie die Uhr. Ich nehme an, es gibt tausende von Ringen, die auch so aussehen.«

»Ja«, antwortete ich, »aber nicht in allen ist der Name Barbara eingraviert.«

»Ja, dann ist es wohl Beats Ring. In meinem Ring ist auch sein Name eingraviert.«

Sie zeigte uns ihren Ring mit der Gravur. Da uns die polnischen Kollegen ein sehr gutes Foto geschickt hatten, auf dem man die Gravur stark vergrössert sah, konnten wir die Gravuren vergleichen. Sie hatten beide das gleiche Schriftbild.

Claudia informierte die Kollegen in Polen, dass wir Uhr und Ring mit sehr hoher Wahrscheinlichkeit Beat Furrer zuordnen konnten.

Anschliessend rief ich bei der Kripo München an. Kommissarin Heller war bereits auf dem Weg nach Polen, um die Befragungen von Tomasz Janowski mitzuverfolgen. Ich erreichte sie auf ihrem Handy. Sie war optimistisch, dass die Anwesenheit der deutschen Polizei den Druck auf den Verhafteten genügend erhöhen würde, um sein Schweigen zu brechen.

Claudia machte früh Feierabend, um sich mit einer Kollegin zu treffen. »Shoppen, gut essen, ein Gläschen Alkohol und nette Gespräche«, erläuterte sie ihre Planung für den Abend.

Um 18:40 Uhr unterbrachen Luca und ich das Wühlen im Leben von Ivana Gobec und tauschten uns über die Ergebnisse aus. Es war offensichtlich, dass die verschwundene Joggerin sich mehr Luxus gönnte, als man aufgrund ihres Einkommens erwartet hätte. Allerdings hatten wir nicht herausgefunden, wie sie das zustande brachte. Die Aussage ihres Ex-Freundes Urs Nagel, dass sie Geschenke und

Einladungen von ihm erwartete, war eine plausible Erklärung. Aufgrund der bisherigen Recherchen wussten wir nicht, ob es die einzige Erklärung war oder ob Ivana Gobec noch andere Einnahmen hatte.

Wir machten Feierabend, nahmen aber beide die USB-Sticks und die Passwortliste mit nach Hause, um allenfalls am Abend noch etwas weiter recherchieren zu können.

Ich ging zum Supermarkt und kaufte Fisch und frisches Gemüse. Zu Hause kochte ich in Ruhe und genoss das Abendessen. Danach startete ich meinen Computer, um noch weitere Dateien von Ivana Gobec zu überprüfen. Doch schon nach zwanzig Minuten schaltete ich wieder aus. Ich merkte, dass mir Lust und Energie fehlten, um weiterzuarbeiten.

Eine halbe Stunde lang schaute ich im Fernsehen noch einen Bericht über zwei junge Männer, die mit dem Fahrrad nach China gefahren waren. Dann ging ich todmüde ins Bett.

Mittwoch, 18. Mai, 2:36 Uhr

Soweit ich mich erinnere, träumte ich von Urlaub an einem wunderschönen Sandstrand und attraktiven Frauen in knappen Bikinis. Aus diesem schönen Traum wurde ich durch das Klingeln meines Handys geweckt. Verwirrt blickte ich auf die Uhr meines Radioweckers und fluchte. 2:36 Uhr! Ich torkelte zum Stuhl neben der Schlafzimmertür, auf dem mein Handy lag.

Als ich auf dem Display den Namen Luca las, war ich sofort hellwach.

»Hallo Luca, was ist los?«

»Hallo Markus. Sorry, dass ich mitten in der Nacht anrufe, aber ich dachte, du willst das sofort wissen: Ich weiss, von was Ivana Gobec lebt.«

»Ja?«

»Unter anderem vom Geld von Beat Furrer.«

»Im Ernst? Wie kommst du darauf? Wir haben doch keinen Hinweis, dass die beiden sich kannten.«

»Erinnerst du dich, wie Ivana Gobec ihren Ex-Freund Urs Nagel kennengelernt hat?«

»Hat er nicht etwas von einer Dating-Plattform erzählt?«

»Genau. Und da wir ja jetzt alle Passwörter von Ivana Gobec haben, habe ich mich in ihr Profil eingeloggt. Die haben eine tolle Funktion: Wenn du Profile von potentiellen Partnern anschaust und es ist jemand dabei, mit dem du schon Kontakt hattest, dann wird dir das angezeigt. Wahrscheinlich soll einem das die Peinlichkeit ersparen, mehrmals die gleiche Person anzubaggern, ohne es zu merken.

Jedenfalls habe ich mit dem Profil von Ivana Gobec einfach mal nach Männern aus unserem Kanton gesucht und bin auf Beat Furrer gestossen. Und dank dieser Funktion weiss ich, dass die beiden vor gut drei Jahren Kontakt hatten.«

»Ja gut, aber der Umstand, dass die beiden mal in der Datingplattform Kontakt hatten, muss ja noch nicht allzu viel bedeuten.«

»Da hast du Recht. Deshalb habe ich noch weitergesucht, zuerst in den Mails und dann bin ich noch ins Büro gefahren, um im Handy zu suchen.«

»Und?«

»Sie hat ihn auf dem Handy nur mit Beat abgespeichert. Ich habe heute Nachmittag… beziehungsweise gestern Nachmittag die Kontakte durchgeschaut. Aber weil da nur der Vorname stand, hat es bei mir nicht geklingelt.

Jedenfalls gibt es einen langen Chat auf WhatsApp und auch einige E-Mails. Kurz zusammengefasst: Vor gut drei Jahren hatte Beat Furrer eine Affäre mit Ivana Gobec. Hat nur ein paar Monate gedauert, aber der Kontakt ist danach nicht völlig abgebrochen. Es gab alle paar Monate mal wieder einen Kontakt, allerdings lässt sich aus den Nachrichten wenig herauslesen. Sie hat ihm ein paar Mal geschrieben, er solle sie anrufen.

Und dann habe ich die Zeitpunkte, zu denen sie Kontakt gesucht hat, verglichen mit Zeitpunkten, wo Beat Furrer zuerst die eigenen Konten geplündert hat und danach jene der Silbertal Versicherung. Und das passt recht gut: Ivana Gobec kontaktiert Beat Furrer und kurz danach beschafft Beat Furrer Geld.

Wenn Beat Furrer nicht zuerst seine eigenen Konten geplündert hätte, würde ich sagen, Ivana Gobec ist seine Komplizin. So sieht es eher danach aus, dass sie ihn erpresst hat.«

»Donnerwetter!«

Eine Viertelstunde später war ich bei Luca im Büro. Ich liess mir alles zeigen, um seine Feststellungen und Schlussfolgerungen zu überprüfen. Nach einer halben Stunde war ich sicher, dass er nicht zu voreilig interpretiert hatte. Auch die Vermutung, dass die Kontakte zwischen Ivana Gobec mit den Geldbeschaffungen von Beat Furrer korrespondierten, war plausibel.

»Hast du schon überprüft, ob es Hinweise gibt, dass das Geld bei Ivana Gobec angekommen ist?«, fragte ich Luca.

»Noch nicht. Ich habe genau das angeschaut, was du jetzt auch gesehen hast. Dann habe ich dich angerufen.«

»Sehr gut. Dann machen wir es jetzt so: Du gehst nach Hause und schläfst ein paar Stunden und ich überprüfe noch die Kontobewegungen und Quittungen von Ivana Gobec.«

»Kannst du vergessen. Bis vor ein paar Wochen habe ich bei der Regionalpolizei gearbeitet. Auf dem Polizeiposten eines langweiligen Dorfes. Das hier ist das Interessanteste, seit ich bei der Polizei angefangen habe. Ich will jetzt sicher nicht nach Hause ins Bett.«

»Gut, dann machen wir das gemeinsam.«

Es wäre natürlich schön gewesen, wenn Beat Furrer das Geld auf das Bankkonto von Ivana Gobec überwiesen hätte. Hatte er aber nicht. Oder wenn sie es in bar erhalten und dann einfach am Bankschalter auf ihr Konto einbezahlt hätte. Tat sie aber nicht.

Wir fanden weder klare Beweise noch sehr offensichtliche Hinweise, dass das Geld von Beat Furrer bei Ivana Gobec gelandet war. Zwei Mal hatte Ivana Gobec am Bankschalter Bargeld auf ihr Konto einbezahlt. Die Beträge waren aber mit 2‘000 respektive 4‘000 Franken nicht hoch genug, um die Transaktionen als klare Hinweise einzustufen.

Aber da wir wussten, wann Beat Furrer Geld beschafft hatte, konnten wir gezielt suchen. Und so fanden wir mit der Zeit auch Indizien.

Den Durchbruch erzielten wir, als wir die Rechnung für einen Autokauf von Ivana Gobec fanden. Sie hatte nicht den ganzen Betrag vom Bankkonto aus bezahlt. Auf der Rechnung war eine „Anzahlung in bar“ in Höhe von 8‘000 Franken erwähnt. Aber es gab keine Bezüge vom Konto, die erklärt hätten, warum Ivana Gobec zu diesem Zeitpunkt so viel Bargeld hatte.

In einem anderen relevanten Zeitraum gab es einen Kaufbeleg eines Schmuckgeschäfts in Mailand über mehrere tausend Euro.

Besonders knifflig war ein Zeitraum, wo wir vorerst keine Hinweise auf aussergewöhnliche Ausgaben fanden. Aber plötzlich wurde ich stutzig, als ich die Kreditkartenabrechnungen durchblätterte:

»Es sind zwar nicht grosse Beträge, aber es sind drei Wochen lang Kreditkartenzahlungen in US-Dollar«, sagte ich zu Luca.

»Und?«

»Ich finde weder Zahlungen an ein Reisebüro noch an eine Fluggesellschaft oder ein Hotel. Auch keine Bezüge von Bargeld US-Dollar. Wahrscheinlich hat sie Flug und Hotels bar bezahlt.«

Später analysierten wir die Bargeldbezüge an den Bancomaten. Wir stellen fest, dass Ivana Gobec normalerweise etwa einmal pro Woche einige hundert Franken an Bancomaten bezog. Es gab aber immer wieder grössere Lücken, also Phasen, in denen sie wochenlang keine solchen Bezüge tätigte. Viele dieser Lücken liessen sich durch Auslandreisen erklären. Diese waren durch Kreditkartenzahlungen und Bargeldbezüge mit der Kreditkarte in Fremdwährungen erkennbar.

Wir stellten aber auch Übereinstimmungen mit den Geldbeschaffungen von Beat Furrer fest: Wenn Beat Furrer Geld beschafft und mutmasslich an Ivana Gobec weitergegeben hatte, bezog Ivana Gobec danach in der Regel einige Zeit lang kein Bargeld.

Weil wir das Muster langsam verstanden hatten, wurde unser Auge für Unregelmässigkeiten immer besser. Wir gelangten zum Schluss, dass es auch unerklärbare Ausgaben von Ivana Gobec gab, die wahrscheinlich nicht durch das Geld von Beat Furrer erklärt werden konnten.

»So, für den Moment genügt das«, befand ich kurz nach vier Uhr morgens. »Jetzt gehen wir erst mal ein paar Stunden schlafen und anschliessend reden wir mal mit Angela Macarro.«

Mittwoch, 18. Mai, Vormittag

Ich holte Luca um 9 Uhr zu Hause ab, da ich länger geschlafen hatte als er und entsprechend etwas fahrtauglicher war. Vom Auto aus rief ich die Staatsanwältin Alexandra Egger an und meldete einen kurzen Besuch an. Wir trafen sie in ihrem Büro zu einem Kaffee und informierten sie über die Erkenntnisse der letzten Nacht.

Bei Angela Macarro, der besten Freundin von Ivana Gobec, meldeten wir uns nicht im Voraus an, sondern fuhren auf gut Glück zu ihrem Arbeitsort.

»Haben Sie Ivana gefunden?«, fragte sie. Ihr Gesichtsausdruck deutete darauf hin, dass sie zwischen Hoffnung und Angst schwankte.

»Nein, leider nicht. Aber wir müssen Ihnen noch ein paar Fragen stellen.«

Sie führte uns zum Sitzungszimmer der kleinen Firma, bei der sie arbeitete und bot uns Kaffee an. Da wir beide wenig geschlafen hatten, nahmen wir das Angebot gerne an.

»Beat Furrer«, begann ich die Befragung, »der Mann, der kurz nach Ivana Gobec verschwand und inzwischen tot aufgefunden wurde: Haben Sie ihn gekannt?«

»Nein. Haben Sie mich das nicht schon einmal gefragt?«

»Ich habe Sie gefragt, ob Frau Gobec ihn kennt.«

»Also ich glaube, ich habe den Namen noch nie gehört.«

»Wir haben herausgefunden, dass Frau Gobec in den Kontakten auf ihrem Handy einen „Beat“ eingetragen hat. Und die Handynummer zu diesem Kontakt gehört Beat Furrer.«

Sie schaute uns überrascht an und überlegte. Ich beobachtete ihre Reaktion sehr bewusst und glaubte, kurze Panik und angestrengtes Nachdenken in ihrem Gesichtsausdruck zu erkennen. Nach einigen Sekunden antwortete sie aber ziemlich ruhig: »Wenn ich mich recht erinnere, hatte sie vor ein paar Jahren mal einen Freund, der Beat hiess. Hat aber nicht lange gehalten.«

»Wissen Sie, ob das Beat Furrer gewesen sein könnte?«

»Keine Ahnung. Aber wenn sie ihn auf dem Handy abgespeichert hat, dann deutet es schon darauf hin. Ist es der einzige Beat in ihren Kontakten?«

»Ja.«

»Wissen Sie, Herr Goldbacher, Ivana hat nicht gerade Glück mit Männern. Seit sich Marcel von ihr getrennt hat, hatte sie mehrere Beziehungen, die aber immer nur kurz gehalten haben.«

»Marcel?«

»Marcel Blattmann. Wohnt hier in der Stadt, glaube ich. Ivana war mehr als drei Jahre mit ihm zusammen und meist sehr glücklich. Aber er ist ein paar Jahre älter als sie und wollte unbedingt Kinder. Sie fand, es sei viel zu früh dafür. Und irgendwann hat er sich dann von ihr getrennt und eine andere geheiratet. Ich habe ihn kürzlich mal mit der Familie gesehen. Der hat inzwischen schon drei Kinder.«

»Und Beat Furrer?«

»Also nachdem sie von Marcel verlassen wurde, hatte Ivana eine grosse Krise und wollte eine Weile nichts mehr von Männern wissen. Irgendwann hat sie sich dann wieder auf den einen oder anderen eingelassen, aber es nicht richtig geklappt. Es hat nie mehr als ein paar Wochen oder Monate gehalten.«

»Und Beat Furrer?«

»Ja eben, einer der Männer, mit denen sie in den letzten Jahren kurz zusammen war, heisst Beat. Ich weiss nicht, ob es Beat Furrer war. Ich habe sie nicht nach dem Nachnamen gefragt.«

»Und sie haben die beiden nie zusammen gesehen? Sie hat Ihnen auch nie ein Foto von ihm gezeigt?«

»Nein.«

»Ivana Gobec ist Ihre beste Freundin und sie lernen ihre Partner nicht kennen?«

»Einige schon, aber nicht alle. Wie gesagt, mit Beat hat es nicht lange gedauert. Und wenn ich mich recht erinnere, musste sie sich heimlich mit ihm treffen, weil er verheiratet war.«

Während ich kurz überlegte, wie ich weitermachen wollte, fragte Frau Macarro: »Hat dieser Beat Furrer etwas mit dem Verschwinden von Ivana zu tun.«

»Das wissen wir leider noch nicht. Wir versuchen, es herauszufinden.«

Ich fragte Angela Macarro nach den anderen Männern, mit denen Ivana Gobec seit der Trennung von Marcel Blattmann befreundet gewesen war. Sie nannte uns einige Namen, teils Vor- und Nachnamen, teils aber auch nur Vornamen. Sie konnte sich nicht so genau erinnern, wer wann mit Ivana befreundet war und sagte, dass sie sich wohl nicht an alle Männer erinnere. Das machte mir aber nicht so viel Kummer, da wir die Dating-Plattform sowie Handy und E-Mail als weitere Informationsquellen hatten, um eine vollständige Liste der Männer zu machen, mit denen Ivana Gobec in den letzten Jahren Beziehungen hatte.

Nun war es an der Zeit, heiklere Themen mit Angela Macarro anzusprechen.

»Von was lebt eigentlich Frau Gobec?«, fragte ich ganz unschuldig.

Angela Macarro blickte mich verwirrt an: »Sie arbeitet als Coiffeuse.«

»Ja, 60 Prozent. Ich nehme an, da verdient man nicht so wahnsinnig gut und es reicht nicht, um all die Reisen und die teuren Sachen in der Wohnung zu finanzieren.«

Angela Macarro erstarrte für einen Moment. Sie blickte kurz nervös zu Luca, dann wieder zu mir.

»Hm, interessante Frage... Das habe ich mir noch gar nie überlegt«, antwortete sie langsam.

Sie wirkte wieder ruhiger und ich fragte mich, ob ich ihre Reaktion auf die Frage überinterpretiert hatte.

»Ich glaube, sie hat ab und zu Geschenke erhalten oder ist auf Reisen eingeladen worden, wenn sich wieder ein Mann in sie verliebt hat«, ergänzte sie. »Sie hat mir ein paar Mal von Geschenken und Einladungen erzählt.«

»Sie haben ja sicher in der Zeitung gelesen, dass wir Zusammenhänge zwischen dem Verschwinden von Beat Furrer und verschiedenen Verbrechen gefunden haben. Nun fragen wir uns natürlich, ob Frau Gobec in diese Verbrechen verwickelt ist und sich deshalb so teure Sachen leisten konnte. Können Sie mir dazu etwas sagen?«

»Um was für Verbrechen geht es?«

»Das darf ich Ihnen leider nicht sagen. Was wissen Sie, Frau Macarro?«

Sie schaute mich erschrocken an.

»Ich habe keine Ahnung, was sie meinen.«

»Frau Macarro! Was verheimlichen Sie mir? Wenn Frau Gobec noch lebt, ist sie in grosser Gefahr.«

»Ich weiss, aber Sie müssen sich täuschen! Ich kann mir nicht vorstellen, dass Ivana etwas mit Verbrechern zu tun hat.«

»Und wie kann sie sich dann all die schönen Sachen und Reisen leisten?«

Sie zögerte einen Moment, bevor sie antwortete. Offensichtlich musste sie ihre Worte gut abwägen, denn sie sprach deutlich langsamer als zuvor: »Ivana hat sicher ein gewisses Talent darin, sich von ihren Verehrern einladen zu lassen.«

»Was heisst das?«

»Naja, ich vermute, dass sie ihren Freunden jeweils deutlich genug gesagt hat, was sie gerne hätte oder gerne tun würde, aber sich nicht leisten kann.«

»Und wenn sie zwischendurch keinen Freund hatte.«

»Sie bleibt eigentlich nie lange allein.«

»Wo lernt sie Männer kennen?«

»Im Internet – so wie die meisten Menschen heutzutage.«

Wir beendeten die Befragung von Angela Macarro. Im Auto fragte ich Luca: »Was meinst du?«

»Ich glaube, sie weiss mehr, als sie gesagt hat.«

»Ja, das glaube ich auch. Die Frage ist: Was weiss sie? Und warum sagt sie es nicht?«

»Meinst du, sie hat etwas mit dem Verschwinden von Ivana zu tun«, wollte Luca wissen.

»Hm, ich traue ihr das eigentlich nicht zu. Aber man sollte Frauen nie unterschätzen.«

Luca schmunzelte. »Du hast Recht, aber ich kann es mir auch nicht so recht vorstellen. Ich wüsste auch nicht, was sie für ein Motiv haben könnte. Aber andererseits: Wenn sie nichts damit zu tun hat, warum verheimlicht sie uns dann etwas.«

»Vielleicht will sie ihre Freundin nicht verraten.«

»Oder sie ist mitbeteiligt«, meinte Luca.

»Wir müssen herausfinden, ob wirklich niemand von der Beziehung wusste«, entschied ich.

Wir trafen Barbara Furrer zu Hause an. »Wir haben Hinweise gefunden, dass Ihr Mann vor gut drei Jahren eine Affäre hatte«, erklärte ich ihr.

Sie blickte mich entgeistert an und reagierte ungewöhnlich heftig: »Das ist völlig unmöglich! Sie müssen sich irren. Das hätte er sich gar nicht leisten können.«

»Wie meinen Sie das?«

»Ich habe mir das in den letzten Tagen auch schon überlegt. Aber ich kann mir nicht vorstellen, dass er etwas mit einer anderen Frau hatte. So blöd war er nicht.«

»So blöd?«

»Ich habe Beat immer gesagt, dass ich ihm einen Seitensprung nie verzeihen würde und er dann gleich seine Koffer packen könnte. Und das hätte finanziell so gravierende Konsequenzen für ihn gehabt, dass ich sicher bin, dass er das nie gewagt hätte.«

»Wieso denn gravierende Konsequenzen?«

»Wissen Sie, Herr Goldbacher, das ganze Geld für dieses Haus und unser Ferienhaus in Südfrankreich stammt aus meinem Vermögen. Ich habe ziemlich viel Geld geerbt, weil mein Grossvater eine Textilfabrik besessen und im richtigen Moment verkauft hat. Und wegen unserem Ehevertrag wäre Beat bei einer Scheidung ein armes Schwein gewesen. Nein, ich bin sicher, dass er ein solches Risiko nicht eingegangen wäre.«

»Aber als Geschäftsleitungsmitglied der Silbertal Versicherung hatte er ja ein gutes Einkommen.«

»Ja schon, aber wissen Sie, was allein die Privatschule für die drei Kinder kostet? Nein, nur mit dem Einkommen von Beat wäre das schwierig. Und wenn er nach einer Scheidung hätte Unterhalt für die drei Kinder zahlen müssen, wäre nicht viel von seinem Geld übrig geblieben.«

»Ich verstehe Ihre Überlegungen. Allerdings haben wir herausgefunden, dass Ihr Mann bei einer Dating-Plattform angemeldet war?«

»Bei einer Dating-Plattform?«

»Ja.«

Es dauerte einige Sekunden, bis sie die Tragweite der Information verstanden hatte. Dann blickte sie mich kurz entsetzt an, bevor sie explodierte. Sie hämmerte mit beiden Händen wie wild auf meinen Oberkörper ein und schrie mich an: »Sie elendes Schwein! Jedes Mal wenn Sie herkommen, bringen Sie neue Hiobsbotschaft und machen mein Leben noch mehr kaputt. Haben Sie eine Vorstellung davon, wie mein Leben in den letzten Wochen aussieht?

Können Sie mir sagen, was ich meinen Kindern über ihren Vater erzählen soll?«

Glücklicherweise war Barbara Furrer nicht kräftig. Ihre Schläge waren völlig harmlos und als ich sie an beiden Schultern packte, hörte sie auf und sank in einen Sessel. Es gelang uns, sie ein wenig zu beruhigen. Wir mussten ihr versprechen, gut zu überprüfen, ob wir uns nicht irrten.

»Beat Furrer war ein dankbares Opfer für eine Erpressung«, sagte ich zu Luca, als wir wieder im Auto waren.

»Ja, er hatte viel zu verlieren.«

Ich rief Claudia an, informierte sie über die Erkenntnisse der letzten Stunden und beauftragte sie, den Betreiber der Dating-Plattform zu kontaktieren. »Verlange dort Informationen über alle Kontakte von Ivana Gobec und Beat Furrer. Und falls sie nicht kooperativ sind, holst du dir Unterstützung bei Alexandra. Luca und ich müssen noch weitere Personen befragen, mit denen Beat Furrer und Ivana Gobec häufig Kontakt hatten.«

Mittwoch, 18. Mai, Mittag

Wir hatten die Eltern von Ivana Gobec schon früher nach Beat Furrer gefragt und wussten deshalb bereits, dass sie ihn nicht kannten und auch nichts von der Beziehung zwischen ihm und ihrer Tochter wussten. Mir ging es bei diesem Besuch darum, herauszufinden was sie über die finanzielle Situation ihrer Tochter wussten.

Es zeigte sich aber schnell, dass sich beide keine grossen Gedanken dazu gemacht hatten. »Sie hatte ja meist einen Freund«, sagte Damir Gobec zu uns, »ich nehme an, der hat für sie gesorgt.«

Danach fuhren wir zum Coiffeursalon von Annemarie Michel. Diese erzählte uns: »Kurz nachdem Ivana hier angefangen hat, hat sich ihr Freund von ihr getrennt. Das hat sie enorm mitgenommen. Aber irgendwann hat sie sich ja wieder aufgefangen und seither hatte sie wieder den einen oder anderen Freund, soweit ich weiss. Mir hat sie aber nie viel davon erzählt.«

»Haben Sie sich nicht gewundert, als Frau Gobec das Pensum reduzieren wollte?«

»Doch, natürlich habe ich mich gefragt, wie sie von dem tieferen Einkommen leben kann. Sie hat sich ja auch immer teure Kleider und Schuhe gekauft. Aber dann habe ich mir gesagt: „Annemarie, das geht dich nichts an.“ Vielleicht hat sie ja im Lotto gewonnen oder Geld geerbt.«

Sandra Casellini, die Arbeitskollegin von Ivana Gobec, hatte sich ebenfalls ihre Gedanken gemacht: »Ivana hat mir ein paar Mal so Sachen erzählt: Diese Halskette hat mir mein Freund geschenkt. Mein Freund hat mich zu Ferien auf den Seychellen eingeladen und so weiter. Da habe ich mir gedacht: So einen Freund hätte ich auch gerne.«

Als wir den Coiffeursalon verliessen, sah ich auf meinem Handy, dass Alexandra zwei Mal versucht hatte, mich zu erreichen.

»Norbert hatte Recht«, sagte sie, als ich zurückrief, »Beat Furrer ist tatsächlich an einem Herzinfarkt gestorben. Ich kann es immer noch nicht glauben, aber auch der auswärtige Gerichtsmediziner, den ich mit einer zweiten Untersuchung beauftragt habe, ist sich hundert Prozent sicher.«

»Unglaublich«, antwortete ich. »Das passt einfach überhaupt nicht zu allem, was wir sonst herausgefunden haben. Aber es bleibt uns wohl im Moment nichts anderes übrig, als es zu glauben.«

»Was habt ihr heute Vormittag noch herausgefunden.«

»Obschon wir niemanden gefunden haben, der es bestätigen kann, würde ich es als gesichert ansehen, dass Beat Furrer eine Affäre mit Ivana Gobec hatte. Angela Macarro sagt, dass Ivana mal einige Zeit mit einem Beat zusammen war. Aber sie behauptet, den Nachnamen nicht zu wissen und ihn nie gesehen zu haben. Und ich glaube, Beat Furrer hatte gute Gründe, niemandem von seiner Affäre zu erzählen.«

»Du meinst wegen seiner Frau?«

»Ja, die hätte ihn sofort rausgeschmissen und dafür gesorgt, dass er sein Luxusleben gegen ein bescheidenes

Dasein mit hohen Unterhaltszahlungen hätte eintauschen müssen.«

»Das heisst: Falls Ivana Gobec versucht hat, ihn zu erpressen, war er ein dankbares Opfer.«

»Genau.«

»Aber ist denn niemandem aufgefallen, dass Ivana Gobec auf ziemlich grossem Fuss gelebt hat – verglichen mit ihrem Arbeitspensum und ihrem Lohn?«

»Doch, schon. Aber die meisten haben sich wohl nicht allzu grosse Gedanken gemacht. Und offenbar hat Ivana Gobec immer wieder Erklärungen geliefert, beispielsweise dass sie vom Freund in die Ferien eingeladen wurde. Ich bin überzeugt, dass Angela Macarro mehr wusste. Oder zumindest geahnt hat, was da läuft. Die Anderen, mit denen wir gesprochen haben, waren wahrscheinlich ahnungslos.«

»Markus, ich schlage vor, dass wir uns am späteren Nachmittag bei euch im Teambüro treffen, um die Ergebnisse zu besprechen und das weitere Vorgehen zu planen. Wäre 16 Uhr möglich?«

»In Ordnung.«

»Du, Markus… Ich habe noch ein anderes Anliegen. Ich glaube, Norbert ist ziemlich sauer auf mich, weil ich sein Untersuchungsergebnis angezweifelt und eine externe Überprüfung veranlasst habe. Wahrscheinlich sollte ich mich bei ihm entschuldigen. Ich könnte ihn zur Versöhnung mal zum Essen einladen. Mir wäre wohler, wenn du da dabei wärst. Von mir aus auch Luca und Claudia, aber zumindest du. Dann könnte ich es als Arbeitsessen deklarieren und es wäre nicht ein so offensichtliches „Zu Kreuze kriechen“. Was meinst du?«

»Ja klar, ich verstehe, dass das keine einfache Situation ist. Weder für dich noch für ihn. Ich finde das mit dem Essen eine gute Idee und ich komme auf jeden Fall mit.«

»Danke für deine Hilfe.«

Nach dem Mittagessen fuhren Luca und ich zur Silbertal Versicherung. Wir konnten mit dem Geschäftsführer Florian Tschudi, der Assistentin Nicole Jufer sowie mit Luis Favalli und drei weiteren Mitarbeitern aus Furrers Abteilung sprechen. Hier gab es keinen Grund, allzu viel über den Stand der Ermittlungen zu erzählen. Wir fragten lediglich, ob es denkbar sei, dass Beat Furrer eine Affäre gehabt habe. Die Antworten reichten von „ich habe nie etwas in dieser Art bemerkt" bis „das kann ich mir überhaupt nicht vorstellen".

Danach besuchten wir noch einige Kollegen von Beat Furrer, deren Namen wir erhalten hatten, als wir die Spuren im Mercedes untersuchten. Die Antworten waren ähnlich wie bei den Mitarbeitern der Silbertal Versicherung. Ein Kollege meinte: »Ich habe mich ja schon gefragt, ob er bei diesen vielen Geschäftsreisen immer allein unterwegs ist oder ob er auch mal seine Sekretärin mitnimmt. Ein, zwei Mal habe ich blöde Sprüche in diese Richtung gemacht, aber das hat Beat ignoriert. Also wenn da etwas war, dann hat er sicher nicht damit geprahlt.«

Mittwoch, 18. Mai, später Nachmittag

Luca und ich kamen mit einigen Minuten Verspätung von den Befragungen ins Teambüro zurück. Alexandra sass bereits mit Claudia am Besprechungstisch. Obschon Alexandra lediglich vier Jahre älter war als Claudia, hätte der Kontrast zwischen den beiden Frauen kaum grösser sein können: Alexandra Egger passte in ihrem hellgrauen Deux-Pièce perfekt in die Rolle der seriösen Staatsanwältin, während Claudia Weber sich mit den leuchtend dunkelrot gefärbten Haaren und einem bunt bedruckten T-Shirt offensichtlich bemühte, jung auszusehen.

»Möchtet ihr auch eine Tasse Kaffee?«, fragte Claudia Luca und mich.

»Oh ja, gerne«, antwortete ich.

»Ich brauche sogar zwei Tassen, wenn ich so unverschämt sein darf«, sagte Luca, dem die fast durchgearbeitete Nacht und die zahlreichen Befragungsprotokolle der letzten Stunden sichtbar zugesetzt hatten.

Luca und ich zeigten Alexandra und Claudia die in der letzten Nacht gefundenen Indizien. Danach informierten wir über die durchgeführten Befragungen.

»Wir haben deutliche Hinweise, dass Beat Furrer eine Affäre mit Ivana Gobec hatte und sie ihn anschliessend erpresst hat. Im Moment sind das aber noch Vermutungen. Wir können es noch nicht beweisen.«

»Im Moment geht es auch nicht darum, eine Erpressung zu beweisen«, intervenierte Alexandra. »Priorität hat für mich nach wie vor, Ivana Gobec zu finden.«

»Einverstanden. Aber wenn wir wissen, was sie angestellt hat, hilft uns das wahrscheinlich, sie zu finden. Offensichtlich hatte Beat Furrer ein Interesse an ihrem Verschwinden. Aber gemäss der Aussage seiner Frau war er zur fraglichen Zeit zu Hause.«

»Irgendeine Rolle dürfte ja der kleine Pole spielen«, überlegte Luca. »Die Frage ist nur, welche. Vielleicht hat Furrer ihn engagiert, um seine Erpresserin zu beseitigen.«

»Ich hoffe«, sagte Alexandra, »dass der grosse Pole, der verhaftet wurde, auspackt. Er müsste ja zumindest erklären können, wie er zur Uhr und zum Ring von Beat Furrer gekommen ist.«

»... und worüber die beiden Polen am 2. Mai telefoniert haben«, ergänzte Claudia.

»Bis es soweit ist«, sagte ich, »würde mich auch interessieren, ob es noch weitere Leute gibt, die ein Interesse am Verschwinden von Ivana Gobec hatten. Vielleicht hat sie ja noch andere Männer erpresst. Claudia, hast du bei der Dating-Plattform etwas erreicht?«

»Ja. Die Chefin der Firma, welche die Plattform betreibt, ist sehr hilfsbereit. Sie hat in der Zeitung über den Fall gelesen und will unbedingt helfen, Ivana Gobec zu finden. Sie hat mir versprochen, dass sie heute Abend nicht nach Hause geht, bis sie mir eine Liste mit allen Kontakten und Aktivitäten von Ivana Gobec und Beat Furrer gemailt hat.«

»Darf sie das, so von wegen Datenschutz?«, fragte Alexandra verblüfft.

»Das lassen wir mal ihre Sorge sein«, intervenierte ich, vielleicht etwas schärfer im Ton als es angebracht gewesen wäre. »Wenn wir die Informationen bekommen, nehmen wir sie. Du hast ja vorhin gesagt, Priorität sei, Ivana Gobec zu finden. Sobald wir sie gefunden haben, kannst du dir ja immer noch überlegen, ob es jetzt unbedingt nötig ist, die hilfsbereite Frau wegen Verstosses gegen das Datenschutzgesetz anzuzeigen.«

»Falls ihr den Täter auf diesem Weg findet, habe ich vor Gericht ein Problem.«

»Wir haben ja Zugang zum Computer und zum Handy von Ivana Gobec. Früher oder später würden wir jede relevante Beziehung auch auf diesem Weg finden. Aber mir ist lieber früher als später. Falls wir den Täter finden, werden wir dokumentieren, dass wir über Computer oder Handy auf ihn gekommen sind. Die Liste von der Dating-Plattform wird es in den Akten nicht geben.«

»In Ordnung. Gut, dass ich davon nichts weiss.«

Wir beschlossen, am nächsten Tag möglichst alle Männer zu eruieren, mit denen Ivana Gobec in den letzten Jahren eine Beziehung oder Affäre gehabt hatte, und diese zu befragen.

Alexandra hatte sich für den Abend mit Norbert Sommer verabredet und lud uns ein, mitzukommen. Wie ich Alexandra versprochen hatte, sagte ich zu. Luca hingegen lehnte wegen seiner Müdigkeit ab.

Claudia blickte mich unsicher und hilfesuchend an. »Eigentlich habe ich nichts vor, aber…« Sie zögerte einen Moment und fuhr dann fort: »Ich fühle mich in solchen Situationen nicht so wohl.«

»Kein Problem«, sagte ich, »du musst nicht mitkommen. Geniess den Abend.«

Wir holten Norbert Sommer ab und fuhren zum Restaurant Silberner Bär, einem für seine Fisch-Spezialitäten weit herum bekannten Lokal. Es befand sich einige Autominuten ausserhalb der Stadt, an der Strasse nach Weissgrund.

Die Atmosphäre war weit weniger angespannt als ich befürchtet hatte. Offensichtlich hatten sich Alexandra und Norbert schon am Telefon ausgesprochen. Und Norbert schien nicht nachtragend zu sein. Oder vielleicht war er weniger verstimmt über die Überprüfung seiner Untersuchungsergebnisse als Alexandra und ich befürchtet hatten.

»Norbert«, fragte ich nachdem wir bestellt hatten, »wir fragen uns, ob Beat Furrer etwas mit dem Verschwinden von Ivana Gobec zu tun hat? Ist es möglich, dass die Aufregung über seine Tat den Herzinfarkt ausgelöst hat?«

»Das ist durchaus möglich. Es gibt Studien, die zeigen, dass die Herzinfarkt-Rate beispielsweise während Fussball-Weltmeisterschaften ansteigt. Und zwar nicht bei den Spielern, sondern bei den Zuschauern. Aufregung kann einen Herzinfarkt durchaus begünstigen. Bei Beat Furrer kommt natürlich hinzu, dass er ohnehin ein Risikofall war.«

»Kann man herausfinden, ob er in den Stunden oder Tagen vor seinem Tod besonders aufgeregt war?«

»Wie stellst du dir das vor, Markus?«

»Keine Ahnung. Deshalb frage ich dich.«

»Nein. Bis jetzt gibt es keine Möglichkeit, so etwas nach dem Tod noch festzustellen.«

»Mich würde etwas anderes interessieren«, meldet sich nun Alexandra. »Kann es sein, dass er noch gelebt hat, als er oben auf der Brücke war? Dass er hinunter gesprungen oder gestossen worden ist, im freien Fall einen Herzinfarkt bekommen hat und bereits tot war, als er unten aufschlug?«

»So ein Quatsch«, antwortete Norbert, sichtbar belustigt. »Ihr müsst euch den Herzinfarkt als Prozess vorstellen, der einen Moment dauert. Man sieht deutlich, dass es eine Mangelversorgung des Herzens gegeben hat, die ein paar Minuten angedauert hat. Ein grosser Teil des Gewebes ist abgestorben. Das hat viel länger gedauert als der Sturz von der Brücke.«

Er schwieg einen Augenblick und fügte dann an: »Nein, Beat Furrer war sicher schon einige Minuten oder Stunden tot als er von dieser Brücke stürzte.«

Donnerstag, 19. Mai, Vormittag

Die Chefin der Dating-Plattform hatte ihr Versprechen gehalten und Claudia am späten Abend die Informationen über alle Aktivitäten von Ivana Gobec und Beat Furrer auf ihrer Internetseite geschickt. Zusammen mit den Mails, SMS und WhatsApp-Nachrichten, die wir analysiert hatten, kamen wir auf neun Männer, mit denen Ivana Gobec in den letzten acht Jahren kürzere oder längere Beziehungen hatte.

Der erste war Marcel Blattmann gewesen, von dem uns Angela Macarro erzählt hatte. Die Beziehung mit ihm hatte vor rund acht Jahren begonnen und vor fünf Jahren geendet.

Beat Furrer war Nummer vier auf unserer chronologisch geordneten Liste. Er hatte Ivana Gobec über die Dating-Plattform kennengelernt, obschon sie nur wenige Kilometer voneinander entfernt lebten und arbeiteten. Offenbar hatte die Beziehung etwa drei Monate gedauert. Und wie wir wussten, hatten die beiden auch nachher noch Kontakt. Wir fanden allerdings keine Mails oder SMS, die über den Inhalt dieser Kontakte Auskunft gaben. Dass Ivana Gobec von Beat Furrer Geld erhalten hatte, war zwar aufgrund verschiedener Indizien plausibel, aber letztlich nur eine Vermutung.

Nummer neun auf unserer Liste, der letzte Ex-Freund von Ivana Gobec, war Urs Nagel, der sich aktiv bei uns gemeldet hatte.

Bei Beat Furrer war die Analyse deutlich einfacher. Sein Profil auf der Dating-Plattform war erst wenige Wochen alt, als er Ivana Gobec kennengelernt hatte. Zuvor hatte er den

Kontakt mit einigen anderen Frauen gesucht, aber es war offenbar nie etwas daraus geworden. Nach dem Ende der Beziehung zu Ivana Gobec hatte er sich zwar noch ein paar Mal eingeloggt, aber keine Kontakte mehr geknüpft. Sein letzter Login lag rund ein halbes Jahr zurück.

Wir beschlossen, dass Luca und ich alle Partner von Ivana Gobec befragen würden, während Claudia weiter versuchte, gelöschte Mails oder andere Dokumente wiederherzustellen.

Marcel Blattmann, der Erste auf unserer Liste, bestätigte uns das, was uns Angela Macarro über seine Beziehung mit Ivana Gobec erzählt hatte.

»Die ersten Jahre waren wunderbar. Aber wir haben uns auseinander gelebt. Es gab immer öfter Streit, weil wir unterschiedliche Interessen hatten. Beispielsweise kann ich in den Ferien gut in einem Zelt übernachten und für Ivana musste es immer ein Luxushotel sein, obschon sie sich das ja eigentlich kaum leisten konnte. Zudem bin ich ja vier Jahre älter als sie und mehr der Familienmensch. Ich wollte langsam an Kinder denken, aber Ivana wollte nichts davon wissen.«

»Haben Sie Frau Gobec finanziell unterstützt?«

»Nein. Also nicht regelmässig. Natürlich habe ich sie ab und zu zum Essen eingeladen oder bei Anschaffungen für die Wohnung etwas mehr bezahlt als sie. Aber nicht im grossen Stil.«

»Haben Sie sich von ihr getrennt?«

»Ja. Ich hatte schon lange das Gefühl, dass es keinen Sinn mehr hat. Irgendwann habe ich mal einen Abend mit einem Kollegen in einer Bar verbracht und stundenlang geredet. Da ist mir klar geworden, dass Ivana mich daran hindert, meinen Lebensplan zu verwirklichen. Am nächsten Morgen habe ich meine Sachen gepackt und bin für ein paar Tage zu diesem Kollegen gezogen. Bis ich eine eigene Wohnung hatte.«

»Wie hat Frau Gobec reagiert?«

»Sie war schockiert. Aber ich war sicher, die richtige Entscheidung getroffen zu haben. Und wenn ich sehe, wie sich mein Leben seither entwickelt hat, kann ich sagen: Gottseidank hatte ich den Mut zu diesem Schritt!«

Er zeigte uns ein Foto mit seiner Frau und den drei Kindern.

Wir fragten Marcel Blattmann, wo er an den beiden Tagen war, an denen Ivana Gobec und Beat Furrer zuletzt gesehen wurden. Er rekonstruierte die beiden Tagesabläufe so gut, wie er dies zweieinhalb Wochen später noch konnte und gab uns an, wer was bestätigen konnte.

Luca notierte alles. Wir verzichteten aber im Moment darauf, das Alibi zu überprüfen, sondern kontaktierten den nächsten Ex-Freund von Ivana Gobec.

Dani Schmutz war inzwischen 39 Jahre alt und damit gut zehn Jahre älter als Ivana Gobec. Er wohnte im Nachbarkanton und hatte Ivana Gobec vor gut vier Jahren in einer Bar angesprochen.

Die Beziehung dauerte ein halbes Jahr. Zu Beginn war er geschmeichelt vom Interesse der attraktiven jungen Frau und genoss es, sich in teuren Restaurants und Luxushotels mit ihr zu zeigen. Für ihn war es selbstverständlich, dass er die Rechnungen bezahlte, da er viel wohlhabender war als sie.

Mit der Zeit langweilte er sich aber mit ihr und als er eine noch jüngere und noch attraktivere Frau kennenlernte, machte er Schluss.

Den Abend, an dem Ivana Gobec verschwunden war, hatte Dani Schmutz allein zu Hause verbracht. Wir nahmen es zur Kenntnis. Aber da wir kein Motiv erkennen konnten, sahen wir keinen Anlass, Dani Schmutz zu verdächtigen.

Tobias Iseli, 43 Jahre alt und in Grabenfeld wohnhaft, war wenig erfreut, als wir ihn anriefen und damit konfrontierten, dass er vor dreieinhalb Jahren eine Beziehung mit Ivana Gobec gehabt hatte. Er bat uns, nicht zu seinem Wohnort oder Arbeitsort zu kommen. Stattdessen bot er uns an, uns in seiner Mittagspause im Polizeigebäude zu treffen.

»Meine Frau weiss nichts von dieser Affäre«, erklärte er, als er bei uns war.

Ivana Gobec war nicht sein erster Seitensprung. Er hatte sich dafür bei der Dating-Plattform im Internet registriert und immer wieder Frauen kontaktiert.

»In diesem Fall war es umgekehrt«, erklärte er. »Ivana hat den Kontakt zu mir gesucht. Sie hat gesagt, dass sie einen reiferen Mann sucht, der im Leben schon etwas erreicht hat. Aber als sie merkte, dass ich mich nicht von meiner Frau trennen wollte, hat sie die Beziehung beendet.«

»Herr Iseli, haben Sie Frau Gobec finanziell unterstützt?«

Von einer Sekunde zur anderen wurde Iseli kreideweiss.

»Woher wissen Sie das?«

Ich antwortete nicht, sondern wartete, bis er weiter erzählte: »Sie war gekränkt darüber, dass ich mich nicht von meiner Frau trennen wollte. Nach der Trennung hat sie mir gedroht, meiner Frau von der Affäre zu erzählen. Ich habe ihr ein paar Mal etwas Geld gegeben, damit sie schweigt.«

Ich fragte nach den Beträgen. Er sagte aus, er habe ihr vier oder fünf Mal Geld gegeben; jeweils zwischen fünfhundert und tausend Franken. Das erste Mal war kurz nach der Trennung gewesen, rund zwei Monate bevor Ivana Gobec über die Dating-Plattform Beat Furrer kontaktierte.

Tobias Iseli war zweifellos nicht allzu traurig über das Verschwinden von Ivana Gobec. Als Täter schien er aber nicht in Frage zu kommen, da er am Tag vor dem Verschwinden von Ivana Gobec mit Kollegen in die Veloferien nach Mallorca geflogen war.

»Herr Goldbacher, können Sie dafür sorgen, dass meine Frau nichts davon erfährt?«, fragte Tobias Iseli am Ende der Befragung und blickte mich flehend an.

»Falls wir Ihre Aussage irgendwann vor Gericht brauchen, wird sich kaum vermeiden lassen, dass Ihre Affäre bekannt wird. Aber vielleicht ist das ja gar nicht nötig. Ich schaue, was ich für Sie tun kann.«

Als ich Tobias Iseli aus dem Gebäude begleitet hatte und ins Teambüro zurückkehrte, hatte Luca Claudia schon über die Aussage informiert. Es entstand eine euphorische Stimmung: Endlich hatten wir einen Beweis für eine Erpressung durch Ivana Gobec und damit ein plausibles Motiv, Ivana Gobec verschwinden zu lassen. Zwar fehlte immer noch ein Verdächtiger, aber wir schienen immerhin auf dem richtigen Weg zu sein.

»Wenn ich mir überlege, was Tobias Iseli gesagt hat«, überlegte ich, »scheint mir, dass Ivana Gobec ihn nicht von Beginn weg erpressen wollte, sondern zuerst wirklich hoffte, er würde sich von seiner Frau trennen. Mich würde interessieren, ob das bei Beat Furrer auch so war.«

Donnerstag, 19. Mai, Nachmittag

Florian Krähenbühl verliebte sich in Ivana Gobec, kurz nachdem ihre Affäre mit Beat Furrer zu Ende gegangen war. Im Gegensatz zu seinen beiden Vorgängern war er keine Internet-Bekanntschaft, sondern hatte sie schon vorher gekannt, da sie beide in Mohnstein aufgewachsen waren. Anders als Iseli und Furrer war er auch nicht verheiratet, als er die Beziehung begann, sondern ledig und Single.

Aus den Aussagen von Krähenbühl konnte man schliessen, dass Luxus und Geld bei dieser Beziehung scheinbar keine Rolle gespielt hatten.

»Nach ein paar Monaten sagte sie mir, es tue ihr leid, sie finde mich nett, aber sei nicht richtig verliebt. Jedenfalls nicht so wie ich. Es hat mir wahnsinnig weh getan, aber natürlich kann man das nicht ändern.«

Über Roger Spiess wussten wir aus einem Mail, dass er bei einer Bank in der Stadt arbeitete. Wir fuhren unangemeldet zur Bank, stellten uns beim Empfang in der Schalterhalle vor und fragten, ob wir ihn kurz sprechen konnten.

Der 53-Jährige war stellvertretender Filialleiter und empfing uns in seinem Büro. Wie immer stellte ich die Fragen und Luca führte Protokoll.

»Herr Spiess, Sie haben sicher gelesen, dass Ivana Gobec vermisst wird.«

»Ja.«

Ich wartete einige Sekunden ab, ob er von sich aus mehr zu diesem Thema sagen wollte, aber er schwieg und sah uns mit nichtssagendem Blick an.

»Herr Spiess, vor etwa zwei Jahren hatten Sie eine Beziehung mit Frau Gobec.«

»Ja. Und es vergeht kaum ein Tag, an dem ich das nicht zutiefst bereue.«

»Warum?«

»Weil sie nachher gedroht hat, meiner Frau davon zu erzählen, und Schweigegeld von mir verlangt hat.«

»Und was haben Sie dann gemacht?«

»Ich habe meiner Frau alles gestanden. Meine Frau hat sich von mir getrennt und ist mit den Kindern weggezogen. Ich habe nicht nur meine Frau verloren, sondern auch fast keinen Kontakt mehr zu meinen Kindern.«

»Und Frau Gobec?«

»Ich habe ihr von meinem Geständnis und von der Trennung erzählt. Seither habe ich nie wieder von ihr gehört.«

Enrique Navarro hatte Ivana Gobec nach der Affäre mit dem Banker Spiess kennengelernt. Die Beziehung hatte fast ein halbes Jahr gedauert. Als sich der Drittgenerations-Spanier mit der Zeit etwas weniger grosszügig zeigte, sei das Interesse von Ivana Gobec abgeflaut.

Genau wie Dani Schmutz hatte auch Enrique Navarro kein Alibi für den Abend des ersten Mai. Auch er hatte den Abend allein zu Hause verbracht.

»Ich wollte meine Frau ja nicht wirklich betrügen«, erzählte uns Patrik Lutz, der nächste auf der Liste. »Das Profil auf der Dating-Seite habe ich mehr aus Neugier gemacht. Und weil ich mich gerade über meine Frau geärgert hatte. Aber Ivana hat sich mir regelrecht an den Hals geworfen. Dann hat sie sich ständig von mir beschenken und einladen lassen. Und als ich davon genug hatte, hat sie mich erpresst.«

»Sie hat gedroht, Ihrer Frau alles zu erzählen.«

»Ja.«

»Und?«

»Ich habe ihr letzten Dezember 2‘000 Franken gegeben. Seither habe ich nicht mehr von ihr gehört.«

»Hatten Sie keine Angst, dass sie sich wieder meldet und mehr Geld will?«

»Doch, selbstverständlich.«

Der 53-Jährige war nicht überrascht, dass wir nach seinem Alibi fragten. Er hatte den Abend zusammen mit seiner Frau bei Freunden verbracht. Er fragte mich, ob ich das Alibi überprüfen könne, ohne dass seine Frau von seinem Seitensprung erfahren würde.

»Ich schaue, was ich tun kann. Allerdings kann ich Ihnen nicht versprechen, dass wir Sie nicht irgendwann als Zeugen vor Gericht brauchen. Dann wird das etwas schwierig.«

»Jetzt haben wir nur noch Urs Nagel auf der Liste«, sagte ich zu Luca als wir wieder im Auto sassen.

»Bringt das etwas? Mit dem haben wir ja schon zwei Mal geredet. Und ein Alibi hat er auch.«

»Ich würde ihm trotzdem gerne noch ein paar Fragen stellen. Mit dem, was wir jetzt wissen, kann ich gezielter fragen.«

»Also gut«, antwortete Luca und startete den Motor.

Während Luca losfuhr überprüfte ich mein Handy. Claudia hatte zwei Mal versucht, mich zu erreichen. Als ich zurückrief, sagte sie: »Die polnische Polizei hat mich angerufen. Tomasz Janowski hat geredet.«

»Wir sind in fünf Minuten bei dir, Claudia. Luca, Urs Nagel vergessen wir für den Moment. Wir müssen zurück ins Büro.«

Donnerstag, 19. Mai, kurz vor Feierabend

»Heute Morgen hat Tomasz Janowski sein Schweigen gebrochen«, erklärte Claudia als wir im Teambüro am Besprechungstisch sassen. Luca und ich hatten auf dem Weg noch einen Halt bei der Staatsanwaltschaft gemacht und dort Alexandra Egger aufgegabelt.

»Er hat den Raubüberfall in München gestanden«, fuhr Claudia fort, »und gesagt, wer sein Komplize war. Dariusz Michalak, 22 Jahre, 1.65 Meter gross, aus dem gleichen Dorf wie Janowski.«

»Und das ist der Mann, der ihn am 2. Mai angerufen hat und die Uhr und den Ring von Beat Furrer gestohlen hat?«, fragte Alexandra.

»Ja. Sie haben Janowski heute den ganzen Tag verhört und dabei auch Fragen zum Fall Beat Furrer gestellt.«

»Und was hat er gesagt?«, fragte ich ungeduldig.

»Janowski wurde ja primär wegen des Raubüberfalls in München verhaftet. Das ganze Verhör-Protokoll wird noch ins Deutsche übersetzt. Aber das dauert sicher noch eine Woche. Der Typ von der polnischen Polizei hat mir den Teil, der für uns interessant ist, schon mal auf Polnisch geschickt. Soll ich versuchen, es zu übersetzen?«

»Schiess los!«

Claudia druckte den Auszug aus dem Verhör-Protokoll der polnischen Polizei aus. Sie sprach langsam, stockte zwischendurch, und ab und zu tippte sie ein Wort ins Übersetzungs-App ihres Handys.

»Am 2. Mai haben sie am späteren Nachmittag einen Anruf von Dariusz Michalak erhalten.«

Tomasz Janowski: »Ja. Dieser Idiot. Wenn er mich nicht angerufen hätte, dann würde ich jetzt nicht hier sitzen.«

»Warum hat er angerufen?«

»Er war in dieser Stadt in der Schweiz. An den Namen kann ich mich nicht erinnern. Er ist dorthin gefahren, weil er im Internet auf ein Schmuckgeschäft gestossen ist, das interessant und schlecht gesichert aussah.«

»Er ist in diese Stadt gereist, um das Schmuckgeschäft auszurauben?«

»Ja. Aber dann ist die Polizei aufgetaucht und er musste abhauen.«

»Und warum hat er Sie angerufen?«

»Er hat angerufen und geschrien wie ein kleines Kind: „Die sind hinter mir her. Was soll ich tun? Tomasz, du musst mir helfen. Was soll ich tun?“ Wie ein kleines Kind. Dieser Idiot!«

»Was ist denn passiert?«

»Er ist vor der Polizei geflohen und hat ein Auto angehalten. Und plötzlich macht dieser Mann, der ihn mitnimmt, sonderbare Sachen, lässt das Steuer los und fährt quer über die Strasse auf eine Wiese. Dariusz hat das Auto mit der Handbremse angehalten. Der Mann war tot und Dariusz verletzt.«

»Und dann?«

»Dann hat er mich angerufen und geschrien wie ein Kind. Dieser Idiot!«

»Was haben Sie ihm gesagt?«

»Dass er abhauen soll. Dass sie uns beide drankriegen, wenn die Polizei ihn findet. Aber er hat gesagt: „Ich bin verletzt. Da ist überall Blut von mir.“ Ich habe ihm gesagt, er müsse das Auto verbrennen. Er fragte mich, was er mit dem Mann machen solle. Ich habe gesagt, er solle ihn im Auto lassen und auch verbrennen.«

»Und dann?«

»Nichts dann. Ich habe aufgelegt und eine neue SIM-Card besorgt, weil ich Angst hatte, dass mich die Polizei wegen diesem blöden Anruf findet. Dieser Idiot!«

»Und wie kommen die Uhr und der Ring von dem toten Schweizer zu ihnen?«

»Ein paar Tage später ist er plötzlich bei mir aufgetaucht. Er hat mitten in der Nacht wie wild an die Tür gehämmert. Er sagte, er müsse unbedingt untertauchen – ich müsse ihm Geld geben.«

»Und?«

»Ich habe gefragt, ob er das Auto verbrannt hat. Er hat gesagt ja, aber er habe die Leiche vorher beseitigt. Er habe es nicht übers Herz gebracht, die Leiche zu verbrennen. Wie ein kleines Kind. Dieser Idiot!«

»Und was ist mit der Uhr und dem Ring?«

»Er gab mir die Uhr und den Ring. Und ich gab ihm dafür etwas Geld, damit er untertauchen konnte.«

»Wie viel?«

»Keine Ahnung. Etwa 600 oder 700 Zloty. Was ich gerade bei mir hatte.«

»Wo ist er jetzt?«

»Keine Ahnung.«

»Sagen Sie die Wahrheit!«

»Sie können mir glauben. Ich habe keine Ahnung, wo dieser Idiot steckt. Ich habe ihm das Geld gegeben und gesagt, dass ich ihn nie mehr sehen will.«

»Das war alles«, sagte Claudia zum Abschluss ihrer Übersetzung. »Es war nicht ganz alles wörtlich. Wenn ich jedes Wort nachschlagen würde, das ich nicht genau verstehe, wären wir morgen früh noch hier. Aber ich glaube, es stimmt ziemlich gut. Nächste Woche kriegen wir ja noch die korrekte Übersetzung.«

»Danke, Claudia, das war super«, lobte ich.

Einen Moment schwiegen alle, um sich die Bedeutung der Aussagen von Tomasz Janowski durch den Kopf gehen zu lassen.

»Denkt ihr auch, dass Janowski die Wahrheit sagt?«, fragte schliesslich Alexandra.

»Zumindest passt die Story plausibel zu dem, was wir wissen«, antwortete ich.

»Wir wissen natürlich nicht, ob dieser… wie heisst der Kleine?«, fragte Luca.

»Dariusz Michalak.«

»Genau, danke. Wir wissen nicht, ob Michalak seinem Komplizen die Wahrheit gesagt hat. Aber falls einer von beiden gelogen hat, dann war es ziemlich gut gelogen.«

»Das bedeutet«, überlegte Alexandra, »dass der Pole wohl nichts mit dem Verschwinden von Ivana Gobec zu tun hat.«

»Ja, das denke ich auch«, sagte ich und informierte die Staatsanwältin über die Ergebnisse der heutigen Befragungen. »Wir müssen natürlich alle Alibis überprüfen.

Aber zuerst möchte ich noch einmal mit Angela Macarro reden. Ich bin überzeugt, dass sie mehr weiss, als sie uns sagt. Und ausserdem würde ich das alles auch gerne nochmals mit Oberli besprechen. Vielleicht erkennt er in den Aussagen der Ex-Freunde von Ivana Gobec etwas, was wir übersehen haben.«

»Puh, in den nächsten Tagen ist das schwierig«, sagte mir Oberli als ich ihn auf seinem Handy erreichte. »Morgen früh fliege ich mit meiner Frau übers Wochenende nach Prag. Und Montag und Dienstag sind ausgebucht.«

Wir einigten uns darauf, dass er am kommenden Mittwoch zu uns kommen würde, falls der Täter bis dann noch nicht gefasst war.

Kriminalkommissarin Heller von der Kripo München, die ich noch anrief bevor ich Feierabend machte, war auf der Rückfahrt von Polen. Sie zeigte sich höchst erfreut über das Geständnis von Janowski und bedankte sich nochmals dafür, dass wir die entscheidende Spur geliefert hatten.

»Halten Sie das, was Janowski über die Ereignisse in der Schweiz erzählt hat, für glaubwürdig?«, fragte ich sie.

»Ja, da habe ich eigentlich keine Zweifel. Wissen Sie, der Janowski hat ja zuerst ganz geschwiegen und dann alles abgestritten. Aber nachdem ihm sein Anwalt die Sache mit den DNA-Spuren erläutert hatte, ist er eingeknickt. Er hat völlig offen Auskunft gegeben, weil ihm sein Anwalt Hoffnungen gemacht hat, dass er besser wegkommt, wenn er die Polizei unterstützt. Er hat auch seine Rolle beim Raubüberfall in München nicht schöngeredet. Ich kann mir nicht vorstellen, dass er ein Interesse hat, bei dieser Schweizer Geschichte Unsinn zu erzählen.«

Nach einer kurzen Pause fügte sie an: »Wissen Sie, ich habe ja nix verstanden. Aber mit der Zeit bekommt man einen Eindruck, wenn man zuhört und beobachtet. Und mein Eindruck ist: Der Janowski ist nicht besonders intelligent. Er wäre wahrscheinlich kein guter Lügner.«

Freitag, 20. Mai, Vormittag

»Sie ist vor fünf Minuten zur Arbeit gefahren«, sagte uns Sascha Bolliger, der Freund von Angela Macarro, als er Luca und mir um 7:15 Uhr die Türe öffnete. Wir nutzten die Gelegenheit, um ihm einige Fragen zu stellen. Die Beziehung des 34-Jährigen mit der vier Jahre jüngeren kaufmännischen Angestellten hatte vor dreieinhalb Jahren begonnen. Seit knapp drei Jahren wohnten die beiden in einer grossen, modern eingerichteten Wohnung im Stadtzentrum.

Bolliger war selbständiger Vermögensverwalter und Steuerberater. Ivana Gobec hatte er nur wenige Male getroffen.

»Wissen Sie, das ist eine Frauenfreundschaft. Die wollen keine Männer dabei haben, wenn sie miteinander unterwegs sind.«

Angela Macarro blickte verärgert, als wir an ihrem Arbeitsplatz auftauchten. »Ich kriege Ärger mit meinem Chef, wenn Sie ständig herkommen und mich von der Arbeit abhalten«, sagte sie. »Können Sie nicht ausserhalb der Arbeitszeit zu mir kommen?«

»Wir waren bei Ihnen zu Hause, aber Sie waren schon weg«, antwortete ich. »Ausserdem machen wir das nicht zum Spass. Wir haben dringende Fragen. Es dauert nicht lange.«

Sie bat uns murrend ins Sitzungszimmer.

»Frau Macarro«, begann ich die Befragung, »Frau Gobec ist ihre beste Freundin.«

»Ja. Warum?«

»Frau Gobec hatte Beziehungen mit mehreren verheirateten Männern.«

»Ja. Das ist ja nicht verboten. Abgesehen davon: Die meisten Männer sagen dir am Anfang nicht, dass sie verheiratet sind.«

»Frau Gobec hat mehreren Männern gedroht, ihren Frauen von der Beziehung zu erzählen. Das haben Sie gewusst, oder?«

Sie zögerte einen Moment und sagte dann: »Ja, schon. Sie hat mir einmal erzählt, dass sie einem Mann gedroht hat. Sie hat sich grosse Hoffnungen gemacht, aber er wollte dann seine Frau doch nicht verlassen. Aber ich glaube, sie hat nur gedroht, weil sie so enttäuscht und verletzt war. Das war nicht ernst gemeint.«

»Mehrere Männer haben ihr Geld gegeben, damit sie schweigt.«

»Das glaube ich nicht! Es ist natürlich einfach für diese Schweine, schlecht über Ivana zu reden, wenn sie nicht da ist und sich nicht wehren kann. Haben Sie überprüft, ob diese miesen Schweine ein Alibi haben?«

»Keine Angst, wir überprüfen die Alibis von allen Leuten, die Kontakt mit Frau Gobec hatten. Sie sagen also, dass Sie nichts davon wissen, dass Frau Gobec Geld bekommen hat, um ihre Liebhaber nicht zu verraten.«

»Ich sage nicht, dass ich nichts davon weiss, sondern dass es nicht stimmt. Jetzt habe ich genug von diesen absurden Behauptungen. Ich muss wieder arbeiten. Es wäre besser, Sie würden Ivana suchen, statt Ihre Zeit mit solch absurden Behauptungen zu vertrödeln.«

Luca und ich setzten uns ins Auto und schwiegen, jeder in seine Gedanken vertieft. Schliesslich sagte Luca: »Sie lügt.«

»Ja. Fragt sich nur, warum.«

»Wenn sie für das Verschwinden von Ivana Gobec verantwortlich wäre, müsste sie eigentlich froh sein, dass wir uns mit Männern auseinander setzen, die ein Motiv haben könnten.«

»Ausser wenn dieses Motiv etwas über sie verrät, was wir nicht wissen sollen. Beispielsweise wenn sie Komplizin bei den Erpressungen war«, spekulierte Luca.

»Vielleicht wollte Ivana aussteigen und Angela Macarro liess sie deshalb verschwinden.«

»Vielleicht bin ich naiv, aber irgendwie traue ich ihr das nicht zu. Ich hatte auch immer das Gefühl, dass sie sich ernsthaft um Ivana sorgt. Aber…«

Mir kam eine Idee und ich rief Claudia an: »Kannst du die nette Dame von der Dating-Plattform anrufen und fragen, ob Angela Macarro auch ein Profil auf dieser Internet-Seite hat. Und falls ja, brauchen wir ihre Kontakte.«

Während Claudia, Luca und ich im Büro auf die Antwort warteten, suchten wir auf dem Handy und dem Computer von Ivana Gobec nach Bildern von Angela Macarro in Begleitung von Männern. Wir fanden Fotos von vier verschiedenen Männern. Einer davon war Sascha Bolliger, der aktuelle Freund von Angela Macarro, den Luca und ich am Morgen getroffen hatten.

Auf einem Bild, das eine deutlich jüngere Angela Macarro in Umarmung mit einem grinsenden, dunkelhaarigen Mann zeigte, erkannte Claudia Matthias Steiner. »Er ist im gleichen Quartier aufgewachsen wie ich«, erklärte sie.

Bei den anderen beiden Männern konnten wir aus verschiedenen SMS erkennen, dass sie Dirk und Francesco hiessen.

Wir kontaktierten Matthias Steiner. Er war 21 Jahre alt gewesen, als die Beziehung mit der damals 19-jährigen Angela Macarro begann. Sie hatte sich vier Jahre später von ihm getrennt.

»Aber wir haben immer noch über Facebook Kontakt«, sagte er.

Freitag, 20. Mai, später am Vormittag

Von der Chefin der Dating-Plattform erhielten wir drei Namen von Männern, mit der sich Angela Macarro intensiver ausgetauscht hatte: Dirk Oberholzer, Francesco Alves und Richard Klein.

Angela Macarro hatte ihr Profil bei der Dating-Plattform gelöscht, kurz nachdem ihre Beziehung mit Sascha Bolliger begann, also vor etwa dreieinhalb Jahren.

Dirk Oberholzer hatte Angela Macarro vor fünf Jahren über die Dating-Seite im Internet kennengelernt. »Das war eine lustige Zeit! Am Anfang extrem intensiv, aber nach vier Wochen hat sie mir gesagt, dass sie mich zu langweilig findet.«

Francesco Alves wohnte fast am anderen Ende der Schweiz, aber wir fanden seine Handynummer heraus und erreichten ihn telefonisch.

»Herr Alves, Sie haben vor ein paar Jahren Angela Macarro kennengelernt.«

»Woher wissen Sie das?«

»Wir sind bei einer Ermittlung auf ein Foto gestossen, das Sie zusammen mit Frau Macarro zeigt.«

»Ich kann hier nicht gut sprechen. Darf ich Sie in ein paar Minuten zurückrufen?«

Kurz darauf erzählte er mir am Telefon, dass er Angela Macarro über eine Internet-Plattform kontaktiert hatte. »Das war vor viereinhalb Jahren. Meine damalige Freundin hat ein Semester in Amerika studiert und ich fühlte mich einsam. Aber ich habe mich wieder von Angela getrennt, bevor Sybille zurückkam.«

»Und wie hat Frau Macarro reagiert?«

»Naja, nicht so erfreut natürlich. Wissen Sie, ich hatte ihr nicht von Sybille erzählt. Sie wusste nicht, dass ich liiert war. Aber als ich mich von ihr trennte, fand sie es heraus.«

»Haben Sie Frau Macarro Geld gegeben, damit sie Ihrer Freundin nichts erzählt?«

Er antwortete nicht.

»Herr Alves…«

Immer noch nichts.

»Herr Alves… Sind Sie noch da?«

»Ja.«

»Und?«

»Warum wissen Sie das?«

»Hat Frau Macarro Sie erpresst?«

»Nein, das kann man nicht so sagen. Sie kam zu mir, hat geweint, mich angeschrien und gesagt, es sei unfair gewesen, dass ich ihr nicht von Sybille erzählt und ihr Hoffnungen gemacht habe. Das habe ich natürlich eingesehen. Wir haben dann einen Deal gemacht: Ich gab ihr tausend Franken, damit sie mir verzeiht und die Sache vergisst.«

»Und danach?«

»Sybille hat sich nach der Rückkehr von mir getrennt. Sie hatte in Amerika einen anderen kennengelernt. Und ich bin dann weggezogen.«

»Und Angela Macarro?«

»Die habe ich nie mehr gesehen seit dem Abend, an dem wir den Deal gemacht haben. Wir gingen miteinander zum nächsten Bancomaten, ich gab ihr das Geld und sie ist mit dem Geld weggegangen.«

»Und sie hat sich nicht mehr bei Ihnen gemeldet?«

»Nein.«

Richard Klein war 51 Jahre alt und arbeitete als Deutschlehrer an der Kantonsschule. Wir erreichten ihn auf dem Festnetzanschluss, da er an diesem Nachmittag keine Schulstunden hatte und zu Hause Prüfungen korrigierte.

Als ich ihn nach Angela Macarro fragte, bat er uns, ihn in einer halben Stunde im Schulhaus zu treffen.

Er erwartete uns beim Eingang und führte uns zu einem Lagerraum im Keller.

»Entschuldigen Sie, dass ich sie in einen abgelegenen Kellerraum bringe, aber ich möchte auf keinen Fall, dass meine Frau von diesem Gespräch erfährt.«

»Sie hatten eine Affäre mit Frau Macarro?«

»Ja, aber das ist mehr als vier Jahre her.«

»Und Sie waren damals schon verheiratet?«

»Ich bin seit 25 Jahren verheiratet.«

»Und ihre Frau weiss nichts von der Affäre?«

»Nein.«

»Hat Frau Macarro gedroht, Ihrer Frau davon zu erzählen?«

»Wie kommen Sie darauf?«

»Wir haben Hinweise in diese Richtung.«

Er überlegte eine Weile. Dann fragte er: »Sie vermuten, dass Angela Männer erpresst hat, welche ihre Ehefrauen betrogen haben?«

»So ungefähr.«

»Nehmen wir mal an«, fuhr er fort, »das wäre so. Dann müsste ein Mann, der erpresst wurde, gegen Angela aussagen?«

»Ja. Sonst ist das schwierig zu beweisen.«

»Vor Gericht?«

»Möglicherweise.«

»Dann würde sein Seitensprung öffentlich.«

»Nur teilweise. Er würde sicher nicht mit Namen in der Zeitung erscheinen.«

»Aber ganz verheimlichen liesse sich so etwas nicht, oder?«

»Kaum.«

»Und ich nehme an, Angela weiss von Ihrem Verdacht.«

Ich antwortete nicht und wartete bis er fortfuhr.

»Ich nehme an, so ein Mann, falls es so einen gäbe, hätte nun wohl gute Chancen, dass die Erpressung jetzt aufhört«, sagte er schliesslich.

»Wie kommen Sie darauf?«

»Na, wenn sie weiss, dass die Polizei ihr auf den Fersen ist, wird sie kaum mehr ein Risiko eingehen. Sie hätte plötzlich auch etwas zu verlieren. Ich würde sagen: Die Machtverhältnisse hätten sich dank Ihrer Ermittlungen verschoben.«

Er lächelte und fuhr dann fort: »Das war jetzt interessant, dieses Thema mit Ihnen theoretisch zu erörtern. Leider kann ich Ihnen nicht weiterhelfen. Frau Macarro hat mich nicht erpresst.«

Auch wenn keiner der Ex-Freunde von Angela Macarro ein Motiv hatte, fragten wir sie, was sie an dem Abend gemacht hatten, an dem Ivana Gobec verschwunden war. Alle hatten ein nachprüfbares Alibi. Eine Einschränkung gab es nur bei Richard Klein, der am Sonntag einige Stunden allein im Schulhaus war, um Lektionen vorzubereiten.

»Klein lügt«, sagte Luca als wir auf dem Rückweg ins Büro waren.

»Natürlich lügt er. Er versucht nicht mal, es zu verstecken. Er signalisiert uns deutlich: Ihr habt Recht, ich wurde erpresst, aber ich kann es mir nicht erlauben, gegen Angela Macarro auszusagen.«

»Ärgerlich. Aber auch verständlich. Er ist überzeugt, dass er sie jetzt los wird, ohne selbst aufzufliegen. Eigentlich eine kluge Überlegung, aber für uns nicht gerade hilfreich.«

»Ja, schon, aber was hätten wir davon, wenn er aussagen würde. Bei der Suche nach Ivana Gobec bringt uns das auch nicht viel weiter«, sagte ich.

Wir verstanden nun besser, wie es zu diesen Erpressungen gekommen war. Unklar war aber, wie intensiv sich die beiden Frauen über ihr Vorgehen ausgetauscht hatten. Hatten sie sich lediglich über ihre schlechten Erfahrungen mit Männern ausgetauscht und unabhängig voneinander Männer erpresst? Oder hatten sie gemeinsam geplant, sich gezielt mit verheirateten Männern einzulassen?

Samstag, 21. Mai

Luca verbrachte das Wochenende zusammen mit seiner Freundin in einem Wellnesshotel im Schwarzwald. Und Claudia freute sich auf eine grosse Shopping-Tour zusammen mit ihrem Freund. »IKEA und sonst noch ein paar Orte, wo man Sachen für die Wohnung findet«, hatte sie erklärt.

Als Chef und leider einziger Single im Team hatte ich Zeit, die Alibis der Personen zu überprüfen, die wir bisher befragt hatten. Ich hatte allerdings keinen Erfolg: Alle Personen, die ich kontaktierte, bestätigten die Alibis glaubhaft.

Auf meiner Liste blieben nur vier Personen, die zur fraglichen Zeit allein waren und deshalb kein Alibi hatten: Sandra Casellini, die Arbeitskollegin von Ivana Gobec, Dani Schmutz und Enrique Navarro, zwei Ex-Freunde von Ivana Gobec, sowie Richard Klein, einer der Ex-Freunde von Angela Macarro.

Ausserdem gab es Konstellationen, bei denen sich zwei Befragte gegenseitig ein Alibi gaben, nämlich die Mutter und der Vater von Ivana Gobec sowie Angela Macarro und ihr Freund Sascha Bolliger.

Da aber keine dieser Personen ein offensichtliches Motiv hatte, sah ich keinen Anlass, die Aussagen anzuzweifeln.

Die von Ivana Gobec erpressten Männer, die als Verdächtige naheliegend waren, hatten alle ein Alibi. So endete die dritte Woche seit dem Verschwinden von Ivana Gobec, ohne wir eine wirklich vielversprechende Spur hatten.

Montag, 23. Mai, Vormittag

Alle drei Monate führte die Kantonspolizei eine halbtägige Informations- und Weiterbildungsveranstaltung für die Mitarbeitenden durch, die sogenannte Kapo-Konferenz. Der Termin war für obligatorisch für alle, die nicht gerade in den Ferien oder für den Minimalbetrieb der Polizei notwendig waren.

Bei der Kapo-Konferenz wurde beispielswese über Gesetzesänderungen oder neue Methoden in der Polizeiarbeit informiert. Es war ein interessanter Vormittag, der gegen 11 Uhr durch ein Klopfen an der Tür unterbrochen wurde. Lea Zurkirchen vom Empfang streckte schüchtern den Kopf hinein und sagte: »Sorry dass ich störe, aber ich brauche das Kripo-Team. Es ist dringend.«

Luca und ich erhoben uns. Claudia blickte mich fragend an. Ich nickte ihr zu und sie stand ebenfalls auf. Nachdem wir drei das grosse Sitzungszimmer verlassen hatten, schloss Lea die Tür wieder und sagte zu uns: »Beim Empfang unten ist eine junge Frau. Sie sagt, sie sei Orientierungsläuferin und habe beim Training im Wald eine Frauenleiche gefunden.«

Wir blickten uns an und dachten alle das Gleiche: Ist das Ivana Gobec?

Wir holten die junge Frau beim Empfang ab und brachten sie in eines unserer Befragungszimmer. Obschon sie von Lea eine Wolldecke erhalten hatte, zitterte sie am ganzen Körper.

Bei der Zeugin handelte es sich um Flavia Lüthi, 20 Jahre alt. Derzeit sei sie sozusagen Profi-Orientierungsläuferin, erklärte sie. »Nicht dass ich damit Geld verdienen würde. Es ist einfach so, dass ich letztes Jahr Junioren-Weltmeisterin wurde und die Matur gemacht habe. Und ich habe mich entschieden, mir zwei Jahre Zeit zu geben, bevor ich an die Uni gehe. In diesen zwei Jahren will ich voll auf OL setzen und schauen, ob ich den Anschluss an die Weltspitze schaffe.«

»Und Sie waren vorhin beim Training, als sie die Leiche gefunden haben?«

»Ja.«

»Und wo genau war das?«

Flavia Lüthi holte eine Karte hervor, die sie sich hinten ein Stück in die Hose gesteckt gehabt hatte, und faltete sie auseinander.

»Im Grabenfelderwald. Und zwar in diesem steilen Hang, genau bei diesem Felsen.«

Ich blickte auf die Karte, konnte ihren Erläuterungen aber nicht folgen. Als ich nicht antwortete, schaute sie mich an und verstand meinen fragenden Blick.

»Sorry, ich muss das besser erklären«, setzte sie zu einer zweiten Erklärung an. »In dem Wald gibt es einen grossen, sehr steilen Hang. Das sehen Sie hier an den eng beieinander liegenden Höhenkurven. In diesem Hang gibt es zwei etwas flachere Partien, die quer durch den ganzen Hang laufen. Ähnlich wie Treppenstufen. Sehen Sie, hier und hier sind die Höhenkurven etwas weiter auseinander.«

Ich musste die ungewohnte Karte genau anschauen, verstand aber schliesslich, was Flavia Lüthi meinte.

»Wo ist oben und wo unten?«, fragte ich, um alles richtig zu verstehen.

»Links ist unten, rechts ist oben. Durch die obere Stufe verläuft ein Weg. Das ist die gestrichelte schwarze Linie hier. Ich bin durch die untere Stufe gekommen und wollte diesen grossen Stein hier anlaufen.«

Sie zeigte auf einen schwarzen Punkt, dort wo der Abstand zwischen den Höhenkurven etwas grösser war.

»Und genau beim Stein liegt die Frau«, erklärte sie.

»Sind Sie sicher, dass die Frau tot ist?«

»Wenn man ihren Kopf sieht, erübrigt sich die Frage.« Sie begann wieder heftig zu zittern. Offensichtlich hatte sie den Anblick wieder vor Augen.

»Was können Sie zum Aussehen der Frau sagen?«

»Sie trägt Jogging-Kleider. Dunkle Hose, türkisblaues T-Shirt. Vor ein paar Wochen wurde ja eine Joggerin vermisst gemeldet. Ich nehme an, das ist die Frau.«

Wir baten die junge Orientierungsläuferin, uns den Fundort im Grabenfelderwald zu zeigen. »Da brauchen Sie aber bessere Schuhe. So kommen Sie nie an diese steile Stelle«, sagte sie. Sie zeigte uns ihre Laufschuhe, aus deren Sohle zahlreiche kurze Metallstifte herausragten.

Da wir keine vergleichbaren Schuhe greifbar hatten, nahmen wir Seile mit, um uns im steilen Gelände zu sichern.

Nach kurzer Fahrt erreichten wir den Grabenfelderwald und fuhren auf einer Forststrasse ein Stück weit in den Wald hinein. Bei einer Waldhütte mussten wir das Auto abstellen und folgten zu Fuss einem schmalen und holprigen Pfad. Nach etwa fünf Minuten Fussmarsch erreichten wir den Rand des steilen Abhangs.

Flavia Lüthi studierte kurz ihre Orientierungslauf-Karte und erklärte dann: »Wenn wir dem Weg weiter folgen, dann queren wir den Hang oberhalb der Stelle, wo die Leiche liegt. Ich weiss nicht, ob man die Leiche von oben sehen kann. Wenn wir direkt zur Leiche wollen, müssen wir hier etwa zwanzig Höhenmeter hinunter bis zur unteren Stufe und dann dort in den Hang hinein.«

Luca und ich wollten uns von der Orientierungsläuferin direkt zum Fundort bringen lassen. Claudia beschloss, auf dem Weg oben zu bleiben.

»Auf dem Weg sind es von hier aus etwa hundert Meter«, erklärte Flavia Lüthi.

Die junge Orientierungsläuferin half uns, im nicht allzu steilen Gelände bis zur Stelle hinunter zu gelangen, an der sie den Hang gequert hatte. Tatsächlich gab es hier so etwas wie eine kleine Stufe im steilen Abhang. Allerdings war die Stufe nicht flach, sondern einfach deutlich weniger steil als der ansonsten fast senkrechte Abhang.

Mit unglaublicher Leichtigkeit bewältigte die junge Sportlerin die ersten knapp zwanzig Meter im Hang bis zu einer ersten flachen Stelle. Luca und ich hatten keine Chance, ihr zu folgen. Wir rutschten auf dem steilen Waldboden und mussten uns an Bäumen festklammern, um nicht abzurutschen.

»Das hat so keinen Sinn«, entschied ich. »Wir gehen wieder nach oben auf den Weg. Können Sie bis zu der

Stelle weitergehen und uns dann rufen, damit wir wissen, von wo aus wir uns abseilen müssen?«

»In Ordnung«, antwortete Flavia Lüthi und ging konzentriert, aber scheinbar ohne grosse Anstrengung, weiter.

Luca und ich kletterten wieder zum Wanderweg hinauf. Dort folgten wir Claudia. Der Wanderweg führte durch eine ähnliche Stufe des Steilhangs, nur war diese an den meisten Stellen flacher und breiter. An den schmalen Stellen waren auf der Bergseite Ketten befestigt, damit sich Wanderer festhalten konnten. Das war auch nötig, denn stellenweise führte der Weg über glatten, rutschigen Fels.

Nach rund hundert Metern auf dem Weg erreichten wir eine besonders ausgesetzte Stelle, an der Claudia wartete und nach unten blickte. Da nichts zu sehen war, rief ich: »Frau Lüthi?«

»Ja, ich bin hier.«

»Wir können Sie nicht sehen.«

»Das wundert mich nicht. Die ersten sieben oder acht Meter über mir sind praktisch senkrecht. Soll ich einen Stein in die Luft werfen, damit Sie sehen, ob Sie an der richtigen Stelle sind?«

»Gute Idee.«

Der Stein erreichte zwar nicht ganz unsere Höhe, war aber gut zu sehen. Wir standen an der richtigen Stelle!

Wir überlegten kurz, Luca zur Fundstelle abzuseilen. Aber wir kamen rasch wieder von dieser Idee ab, denn wir waren nicht sicher, ob es uns gelingen würde, ihn wieder hochzuziehen.

Wir riefen der Orientierungsläuferin zu, sie solle vorsichtig zu uns nach oben kommen. Dann forderten wir Verstärkung mit der nötigen Ausrüstung an, um die Leiche aus dem schwer zugänglichen Gelände zu bergen.

»Wenn Ivana Gobec diesen Wanderweg als Joggingroute genutzt hat, dann wundert es mich nicht, wenn sie hier abgestürzt ist«, stellte Claudia fest. »Man muss ja schon als Wanderer extrem aufpassen, dass man nicht runter fällt.«

»Ja, der Ort ist prädestiniert für einen Unfall«, sagte ich.

Luca war vorsichtiger: »Wir wissen ja nicht, ob sie tatsächlich durch den Sturz gestorben ist. Vielleicht war es ja gleich wie bei Beat Furrer: Sie war schon tot und wurde hinuntergeworfen.«

Wir markierten die Stelle und marschierten mit Flavia Lüthi zurück zur Waldhütte. Luca fuhr die junge Sportlerin nach Hause, während Claudia und ich auf die Unterstützung warteten. Es dauerte noch mehr als eine halbe Stunde, Luca war längst wieder zurück, bis die Kollegen mit einer elektrischen Seilwinde und weiteren Hilfsmitteln auftauchten.

Mit Hilfe der elektrischen Seilwinde seilten wir uns nacheinander vom schmalen Weg aus zur Fundstelle ab. Die Fundstelle lag, wie es die Orientierungsläuferin beschrieben hatte, in einer flacheren Partie, die sich wie eine Treppenstufe quer durch den ganzen Steilhang zog. Die Treppenstufe war nicht überall gleich breit, stellenweise weniger als einen halben Meter. Dort wo die Tote lag, waren es hingegen fast zwei Meter. An dieser vergleichsweise breiten Stelle stand ein rund ein Meter hoher Felsblock.

Die Leiche war zwischen dem Felsblock und dem Abhang eingeklemmt. Wie Flavia Lüthi es schon angekündigt hatte, bot die Leiche keinen schönen Anblick. Der Kopf war so stark verletzt, dass man annehmen musste, dass die Frau vom Weg hinunter und kopfvoran auf den Felsblock gestürzt war.

Aufgrund der extremen Kopfverletzungen liess sich nicht eindeutig erkennen, ob es sich bei der Toten um Ivana Gobec handelte. Da sie Joggingkleider trug, die zur Beschreibung des Nachbarn passten, gab es jedoch kaum Grund für Zweifel. Sicherheitshalber schnitt Claudia der Toten noch einige Haare ab, um das DNA-Profil mit den Proben aus der Wohnung von Ivana Gobec zu vergleichen.

Luca machte zahlreiche Fotos, um den Fundort, die Umgebung sowie Lage und äusserlich sichtbare Spuren zu dokumentieren. So konnten sich auch die Staatsanwältin und der Gerichtsmediziner ein Bild des Fundorts machen, obschon ihn beide wegen der schwer zugänglichen Lage nicht selbst besichtigen konnten.

Wir konnten weder eine Schusswunde noch sonst etwas erkennen, das von aussen auf eine andere Todesursache als einen Sturz hindeutete.

Nach Abschluss der Untersuchung des Fundortes wurde die Leiche mit Hilfe der elektrischen Seilwinde geborgen und zu Norbert Sommer in die Gerichtsmedizin gebracht.

Wir suchten noch eine Weile vergeblich nach dem MP3-Player und den Kopfhörern von Ivana Gobec. Schliesslich entschied ich, die Suche abzubrechen: »Wir suchen eine Stecknadel im Heuhaufen. Der MP3-Player kann irgendwo im Hang hängengeblieben oder weiter runter gefallen sein.

Dass wir ihn nicht finden, bedeutet nicht, dass er nicht hier irgendwo ist.«

Dienstag, 24. Mai, später Nachmittag

Ich wartete zusammen mit Luca und Claudia ungeduldig im Teambüro. Norbert Sommer hatte seinen Besuch angekündigt, um Alexandra und uns über die Obduktionsergebnisse zu informieren. Dass es sich bei der Toten um Ivana Gobec handelte, hatte Claudia längst anhand der DNA-Analyse bestätigt.

Kurz nach 17 Uhr trafen Norbert und Alexandra ein.

»Diesmal mache ich es kurz«, begann der Gerichtsmediziner. »Ivana Gobec ist an den massiven Kopfverletzungen gestorben.«

»Das heisst, sie ist vom Wanderweg abgestürzt und mit dem Kopf auf diesen grossen Felsen geprallt?«, fragte Alexandra.

»Ich bin Gerichtsmediziner, nicht Hellseher. Die Tote hat sich irgendwie und irgendwo massive Kopfverletzungen zugezogen und ist daran gestorben. Mir scheint es plausibel, dass es sich so zugetragen hat, wie du beschrieben hast. Aber das lässt sich durch meine Untersuchungen nicht beweisen.«

»Also wäre es denkbar«, fragte ich, »dass sie beispielsweise jemand mit einem Schlag auf den Kopf getötet und danach vom Weg hinunter geworfen hätte?«

»Ja, das ist nicht auszuschliessen. Aber eher unwahrscheinlich. Wenn ihr jemand den Schädel mit einer Axt, einem Baseballschläger oder sonst etwas zertrümmert hätte, müsste man eigentlich Spuren davon sehen. Ich habe aber lediglich Spuren von Fels und Erde in den Wunden am Kopf gefunden. Also wenn es Fremdeinwirkung gewesen wäre, dann müsste der Täter wohl einen grossen Stein verwendet haben.«

»Also kein Hinweis auf Fremdeinwirkung?«

»Nein.«

»Dann können wir wohl von einem Unfall ausgehen«, analysierte Alexandra. »Es bleibt natürlich ein wenig Unsicherheit. Aber an dieser Stelle ist der Weg extrem schmal und führt über rutschiges Gestein: Da wundert es mich überhaupt nicht, dass jemand ausrutschen und abstürzen kann. Seht ihr das auch so?«

»Ja«, antwortete ich. »Fundort und die Obduktionsergebnisse deuten klar auf einen Unfall hin. Es gibt zwar gleich mehrere Männer, denen der Tod von Ivana Gobec gelegen kommt. Aber die haben alle ein Alibi. Und die Personen, die am betreffenden Abend allein waren und deshalb kein Alibi haben, Sandra Casellini, Dani Schmutz, Enrique Navarro und Richard Klein, haben alle kein Motiv.«

Alle waren mit den Überlegungen von Alexandra und mir einverstanden und so entschied Alexandra, den Tod von Ivana Gobec als Unfall einzustufen.

»Dann ist es jetzt Zeit, eine Bilanz zu ziehen«, fuhr die Staatsanwältin fort. »Wir haben den Tod von Beat Furrer aufgeklärt: Er ist an einem Herzinfarkt gestorben. Und wir haben den Tod von Ivana Gobec aufgeklärt: Sie hatte einen Unfall.

Ausserdem haben wir den Betrug bei der Silbertal Versicherung geklärt. Der Täter ist Beat Furrer. Da er tot ist, können wir ihn nicht zur Rechenschaft ziehen. Mittäter gibt es nach unseren Erkenntnissen nicht. Allenfalls könnte man eine Mittäterschaft von Ivana Gobec in Betracht ziehen. Aber da sie auch tot ist, macht es keinen Sinn, dieser Frage nachzugehen.

Nächster Punkt: Ivana Gobec hat mehrere Männer erpresst. Dazu haben wir mehrere Zeugenaussagen. Aber auch Frau Gobec kann man nicht mehr zur Rechenschaft ziehen, da sie tot ist.

Dann haben wir noch Angela Macarro: Wir sind uns praktisch sicher, dass sie einen Mann erpresst hat. Aber wir haben keine Beweise und der Betroffene streitet es ab.«

»Ja«, antwortete ich, »und ich befürchte, dass wir Richard Klein nicht umstimmen können.«

»Aber es stellt sich für mich die Frage, ob Angela Macarro auch an den Erpressungen von Ivana Gobec beteiligt war. Haben wir etwas in der Hand, um Anklage gegen sie zu erheben?«, fragte Alexandra.

»Das dürfte schwierig sein. Keiner der betroffenen Männer hat etwas in diese Richtung gesagt. Luca und ich haben heute die Aussagen aller befragten Personen nochmals analysiert.«

Ich drehte eine auf einem Flipchart vorbereitete Zeichnung so, dass alle sie sehen konnten, und fuhr fort: »Es sieht so aus, dass alles vor viereinhalb Jahren damit begann, dass Angela Macarro auf der Dating-Plattform Francesco Alves kennenlernte und sich in ihn verliebte. Als er sich nach ein paar Monaten überraschend von ihr trennte, fand sie heraus, dass er gar nicht Single war. Er hatte nur eine Beziehung mit ihr begonnen, um die Zeit zu überbrücken, in der seine Freundin im Ausland studierte.

Luca und ich glauben nicht, dass Angela Macarro vorhatte, Francesco Alves zu erpressen. So wie er die Geschichte erzählt, war der Deal wohl eher seine Idee: Er hat ihr Schweigegeld angeboten.

Aber wahrscheinlich hat dieses Erlebnis Angela Macarro auf die Idee gebracht, dass man so einfach zu Geld kommen kann. Wahrscheinlich hat sie dann gezielt nach einem dankbaren Opfer gesucht und es in Richard Klein gefunden. Wir sind sicher, dass er von Angela Macarro erpresst wurde. Aber leider stellt er sich nicht als Zeuge zur Verfügung, weil er nicht will, dass sein Seitensprung bekannt wird.

Nach der Affäre mit Klein verliebte sich Angela Macarro in Sascha Bolliger, mit dem sie noch immer zusammen ist. Seither hat sie sich keine weiteren Erpressungsopfer mehr gesucht. Aber wahrscheinlich hat sie weiterhin ab und zu Geld von Richard Klein verlangt.

Und jetzt kommen wir zu Ivana Gobec: Sie lernte den verheirateten Tobias Iseli über die Dating-Plattform kennen. Wir sind überzeugt, dass sie nicht von Beginn weg vorhatte, ihn zu erpressen. Er hat ausgesagt, dass Ivana ernsthaft hoffte, er würde sich von seiner Frau trennen. Aber als sie merkte, dass er sich nicht trennen wird, hat sie ihm gedroht und ihn erpresst.

Zweifellos hatte Ivana Gobec gewusst, dass Angela Macarro auch einen Mann erpresst hatte.

Und genau wie Angela Macarro suchte sich Ivana Gobec danach gezielt ein weiteres Opfer für eine Erpressung. Beat Furrer war ein Volltreffer für sie. Er hatte riesige Angst davor, dass seine Affäre auffliegt. Deshalb konnte Ivana

Gobec immer höhere Beträge fordern. Und er begann, seinen Arbeitgeber zu betrügen, um bezahlen zu können.

Ivana Gobec gab sich damit nicht zufrieden. Sie suchte gezielt nach weiteren verheirateten Männern, um sie nach einer kurzen Affäre zu erpressen.

Wir haben keine Ahnung, ob Angela Macarro wusste, dass ihre Freundin die Idee zu einem grossen Business ausbaute.«

»Ivana Gobec ist tot und gegen Angela Macarro haben wir zu wenig in der Hand«, zog Alexandra Bilanz. Nach kurzem Überlegen fuhr sie fort: »Wir hätten wohl nie von diesen Erpressungen erfahren, wenn Ivana Gobec nicht verunfallt wäre.«

»… oder wenn sie irgendwo verunfallt wäre, wo man sie nach ein, zwei Tagen gefunden hätte«, ergänzte Luca.

»Und der Betrug bei der Silbertal Versicherung wäre wohl nie ans Licht gekommen«, sagte ich, »wenn Beat Furrer bei seinem Herzinfarkt nicht zufällig einen flüchtigen Verbrecher im Auto gehabt hätte. Beziehungsweise wenn der Pole nicht die Nerven verloren hätte.«

»Dariusz Michalak«, nahm Alexandra das Thema auf, »ist der einzige noch Lebende, dem wir Straftaten nachweisen können. Er hat zwar erwiesenermassen nichts mit dem Tod von Beat Furrer zu tun…«

»Erwiesenermassen und mehrfach überprüft…«, ergänzte Norbert provokativ, allerdings mit einem freundlichen Grinsen im Gesicht, aus dem man schliessen konnte, dass die Provokation nicht böse gemeint war.

Alexandra blickte Norbert kurz verunsichert an, lächelte dann und fuhr fort, ohne auf seine Bemerkung einzugehen: »Aber dass Michalak keine Hilfe geholt hat und stattdessen die Leiche von einer Brücke geworfen und das Auto angezündet hat, das sind natürlich alles strafbare Handlungen. Allerdings ist das harmlos im Vergleich zum Raubüberfall in München. Deshalb ist es extrem unwahrscheinlich, dass er je hier bei uns vor Gericht stehen wird.«

»Ich habe heute noch mit der polnischen Polizei telefoniert«, meldete sich Claudia. »Sie sind überzeugt, dass sie Michalak bald erwischen. Mit so wenig Geld könne er nicht lange untertauchen. Er werde früher oder später im Dorf auftauchen, wo seine Familie wohnt. Die lokale Polizei hat die Familie im Auge und die Telefone werden überwacht.«

»Ich habe mit Kriminalkommissarin Heller von der Kripo München gesprochen«, ergänzte ich. »Die deutsche Polizei überprüft bei drei weiteren Überfällen auf Schmuckgeschäfte in Deutschland, ob die beiden Polen dafür verantwortlich sein könnten.«

»Das bedeutet«, kam Alexandra zum Schluss, »dass wir die Geschichte abschliessen können.«

Sie blickte in die Runde und sprach dann Luca an: »Du schaust so enttäuscht. Ist etwas nicht in Ordnung?«

»Nein, es ist alles gut… Versteht mich nicht falsch: Ich bin ja froh, dass sich der Tod von Ivana Gobec als Unfall erwiesen hat. Aber es hat lange nach einer Entführung oder einem Mord ausgesehen. Und jetzt gibt es nicht mal Anklagen wegen den Erpressungen oder dem Betrug an der

Silbertal Versicherung. Besonders begeistert bin ich ehrlich gesagt nicht über den Ausgang…«

»Immerhin haben wir den Raubüberfall in München aufgeklärt«, wandte ich ein.

Und Claudia meinte schmunzelnd zu Luca: »Vielleicht hast du nächstes Mal mehr Glück und wir erwischen einen Massenmörder.«

Alle lachten, ausser Luca, dem es offensichtlich etwas peinlich war.

»Das wollen wir nicht hoffen«, sagte Alexandra. »Ich bin jedenfalls froh, dass die ersten Fälle des neuen Kripo-Teams erfolgreich geklärt sind. Und da es jetzt Zeit ist, Feierabend zu machen, lade ich euch zur Feier des Tages noch auf ein Bier im Sternen ein.«

»Geht schon vor«, sagte ich. »Ich muss noch den Termin mit Herrn Oberli absagen. Ich komme gleich nach.«

Nachdem ich den Kriminalpsychologen angerufen hatte, machte ich mich auf den Weg zum Ausgang. Im Flur begegnete ich meinem Chef. Ich informierte Baumann in wenigen Sätzen über den Ausgang der Ermittlungen.

»Prima«, meinte er. »Dann ist ja jetzt alles geklärt. Und die Ausgaben für den Kriminalpsychologen werden auch nicht so hoch ausfallen wie befürchtet. Einzig Ihr Einarbeitungsprogramm: Goldbacher, das haben Sie ja vollständig versäumt.«

»Nicht ganz. Immerhin war ich fast einen halben Tag lang mit Dominic Bader und Sarah Landolt auf Streife«, wandte ich schmunzelnd ein.

»Ja. Und ein paar andere Punkte haben sich inzwischen von selbst erledigt. Kommen Sie morgen früh zu mir. Dann machen wir ein neues, kürzeres Einarbeitungsprogramm für Sie.«

Freitag, 27. Mai, Mittag

Luca und Claudia waren den Rest der Woche mit administrativen Aufgaben beschäftigt. Die Akten zu den beiden abgeschlossenen Fällen von Ivana Gobec und Beat Furrer mussten vervollständigt und archiviert werden. Da wir zahlreiche Befragungen, DNA-Analysen etc. gemacht hatten, war der Abschluss der beiden Fälle mit beträchtlichem Aufwand verbunden. Gerne hätte ich mein Team dabei unterstützt, aber Baumann hatte mir erneut ein dichtes Einführungsprogramm verordnet, sodass ich fast nie an meinem Arbeitsplatz war.

So verbrachte ich beispielsweise den ganzen Donnerstag und Freitag bei der Verkehrspolizei. Die drei Kollegen, die uns bei der Suche nach Ivana Gobec beraten hatten, nötigten mich, am Freitag über Mittag mit ihnen joggen zu gehen.

Von der Stadt aus liefen wir nach Nordosten dem Waldrand entlang - eine Route die möglicherweise auch Ivana Gobec am ersten Mai auf dem Weg zum Grabenfelderwald gelaufen war. Wir kamen aber nicht so weit wie die verunfallte Joggerin. Schon nach gut dreissig Minuten war ich so erschöpft, dass wir den Rückweg antreten mussten.

Sonntag, 5. Juni, Nachmittag

Am ersten Sonntag im Juni, fünfeinhalb Wochen nach meinem Umzug, besuchten mich meine Eltern erstmals an meinem neuen Wohnort. Bei wunderbarem Wetter sassen wir bei Kaffee und Kuchen auf dem Balkon meiner Wohnung, als Luca anrief.

Er war mit seiner Freundin auf einer Velotour im Nachbarkanton unterwegs und telefonierte von einem beliebten Ausflugsrestaurant aus: »Barbara Furrer sitzt hier auf der Terrasse. Zusammen mit ihren Kindern und einer anderen Familie. Rat mal, wer die andere Familie ist.«

»Keine Ahnung. Sag schon!«

»Richard Klein. Der Lehrer, der nicht bestätigen will, dass er von Angela Macarro erpresst wurde. Zusammen mit seiner Frau und seinem Sohn. Und ich glaube, ihm ist unangenehm, dass ich hier bin. Er hat mich kurz angeschaut und bemüht sich jetzt offensichtlich, nicht mehr in meine Richtung zu blicken.«

»Wenn seine Frau immer noch nichts von seinem Seitensprung weiss, wundert es mich nicht, dass deine Anwesenheit unangenehm ist für ihn. Aber ich möchte gerne wissen, welche Verbindung er zu Frau Furrer hat. Ruf doch morgen in der Kantonsschule an und erkundige dich nach dem Stundenplan von Klein. Wir befragen ihn gleich nach seiner letzten Lektion.«

Montag, 6. Juni, Nachmittag

Wir warteten vor dem Schulzimmer auf Richard Klein, der nicht besonders überrascht schien, uns zu sehen. Er führte uns in ein leeres Zimmer und erkundigte sich, was er für uns tun könne.

»Sie kennen Barbara Furrer?«, fragte ich.

»Ja, aber nicht besonders gut. Meine Frau kennt Barbara seit ihrer Kindheit. Die beiden treffen sich regelmässig. Und ein oder zwei Mal pro Jahr treffen sich beide Familien und unternehmen gemeinsam etwas.«

»Warum haben Sie uns das nicht gesagt?«

»Sie haben mich nicht danach gefragt. Sie haben mich ja nach meinem Verhältnis mit Angela Macarro gefragt. Ich habe nicht geahnt, dass das Thema etwas mit Beat Furrer zu tun hat, bis mir Barbara gestern erzählt hat, dass Beat eine Affäre hatte und erpresst wurde. Aber wenn ich Barbara richtig verstanden habe, dann war das eine andere Frau. Nicht Angela, oder?«

»Sie wussten nicht, dass Beat Furrer ebenfalls eine Affäre hatte und dass er erpresst wurde?«

»Nein, ich habe erst gestern davon erfahren.«

»Ich hatte gestern den Eindruck«, meldete sich Luca, »dass es Ihnen unangenehm war, dass ich im gleichen Restaurant war.«

»Ja, selbstverständlich«, antwortete Klein. »Meine Frau darf nichts von meinem Seitensprung erfahren. Ich habe ihr nicht erzählt, dass ich von der Polizei befragt wurde. Sonst müsste ich ihr ja auch den Grund erklären.«

»Sie haben ja jetzt gehört, dass solche Erpressungen immer schlimmer werden können«, sagte ich. »Sind Sie immer noch nicht bereit, gegen Frau Macarro auszusagen?«

»Sie irren sich, Herr Goldbacher. Angela Macarro hat mich nicht erpresst.«

Nach der Befragung fuhren Luca und ich zu Alexandra, um sie über die neuen Erkenntnisse zu informieren. »Wir sind sicher, dass er lügt, wenn er sagt, dass er nicht erpresst wurde«, erläuterte ich die Einschätzung von Luca und mir. »Er versucht auch gar nicht, besonders gut zu lügen. Er weiss, dass wir die Wahrheit kennen, aber er will einfach nicht gegen Angela Macarro aussagen.«

»Ist es auch gelogen, dass er nichts von der Affäre von Beat Furrer mit Ivana Gobec wusste?«, wollte Alexandra wissen.

»Da sind wir nicht sicher. Was er sagt, tönt plausibel.«

Alexandra überlegt eine Weile und entschied dann, keine weiteren Nachforschungen durchzuführen: »Wenn Ivana Gobec oder Beat Furrer getötet worden wären, dann müssten wir der Sache nachgehen. Aber Beat Furrer ist an einem Herzinfarkt gestorben und Ivana Gobec beim Joggen ausgerutscht. Deshalb ist es nicht so relevant, wie viel uns Richard Klein verheimlicht, um seinen Seitensprung vor seiner Frau zu vertuschen.«

Alexandra hatte Recht. Es war ärgerlich, dass wir von Richard Klein offensichtlich angelogen wurden. Aber aus seiner Situation betrachtet, war sein Verhalten durchaus verständlich.

Donnerstag, 23. Juni, Vormittag

Nach wochenlanger Flaute kündigte sich endlich wieder ein interessanter Fall an: Eine 94 Jahre alte und bis vor kurzem kerngesunde Frau, war im Treppenhaus zusammengebrochen. Sie wurde ins Spital eingeliefert. Da sie seit dem Sturz nicht mehr ansprechbar war und keine Angehörigen hatte, schaltete das Spital die Kindes- und Erwachsenenschutzbehörde ein. Die Behörde machte eine Bestandesaufnahme in der Wohnung und fand im Keller zwei grosse Stoffsäcke mit insgesamt zwanzig Waffen. Da man in den Unterlagen der Seniorin keine Belege dafür fand, dass die Waffen ihr gehörten, wurde die Polizei eingeschaltet.

Claudia sicherte Spuren an den Stoffsäcken und den Waffen. Ausserdem versuchte sie, anhand der Seriennummern die Herkunft der Waffen zu ermitteln.

Nachdem Luca und ich die Nachbarin befragt hatten, welche die ältere Dame im Treppenhaus gefunden hatte, wartete Claudia vor der Tür auf uns. »Die polnische Polizei hat mich angerufen«, erklärte sie. »Sie haben Dariusz Michalak verhaftet. Michalak hat seinen Bruder angerufen und um Hilfe gebeten. Und da unsere Kollegen in Polen die Telefone der ganzen Familie überwacht haben, war es nachher ein Kinderspiel, Michalak aufzuspüren.«

»Und?«, fragte ich. »Hat er etwas gesagt, was für uns interessant ist?«

»Die Vernehmung läuft noch. Aber sie haben mir versprochen, ihn über die Ereignisse in der Schweiz zu befragen und uns das Protokoll zu mailen.«

Freitag, 24. Juni, Vormittag

Am Freitagmorgen um acht Uhr sassen Claudia, Alexandra, Luca und ich im Teambüro der Kripo. Dariusz Michalak hatte am Vortag in Polen nicht nur den Raubüberfall in München und vier Einbrüche in Deutschland sowie in der Schweiz gestanden, sondern auch Auskunft über seinen Ausflug in unseren Kanton gegeben.

Wie bereits einige Wochen zuvor, hatte Claudia einen Ausschnitt aus einem Vernehmungsprotokoll in polnischer Sprache vor sich und übersetzte so gut wie es ihre Polnisch-Kenntnisse zuliessen:

»Was haben Sie Anfang Mai in der Schweiz gemacht?«

Dariusz Michalak: »Ich war in einer kleinen Stadt in den Bergen, den Namen weiss ich nicht mehr. Im Internet hatte ich ein Foto von einem Schmuckgeschäft in dieser Stadt gesehen. Es machte den Eindruck, dass der Laden alt und schlecht gesichert ist. Aber als ich mir die Sache näher anschauen wollte, kam die Polizei und ich musste abhauen.«

»Und dann?«

»Ich habe Autostopp gemacht, weil ich dachte, dass die Polizei mich vielleicht am Bahnhof sucht. Zuerst glaubte ich, ich hätte Glück, denn schon das zweite Auto hielt an. Aber wir waren noch keine zwei Minuten unterwegs, da begann der Mann am Steuer, sich ständig an die Brust zu fassen. Er wurde blass und schwitzte. Ich glaube, er war krank. Auf jeden Fall verlor er die Kontrolle über das Auto und fuhr von der Strasse auf eine Wiese. Wir wurden hin und her geworfen. Der Mann war mit dem Fuss immer noch auf dem Gaspedal. Ich musste die Handbremse ziehen, um das Auto anzuhalten. Aber ich war verletzt und der Mann war tot. Ich schwöre, ich habe den Mann nicht getötet! Ich sass neben ihm im Auto. Ich habe nichts getan! Ich bin sicher, er war krank!«

»Schon gut. Wir glauben Ihnen, dass Sie den Mann nicht getötet haben. Was haben Sie danach gemacht?«

»Ich hatte Angst. Der Mann war tot, ich war verletzt und da war überall Blut. Und ich wusste, dass die Polizei hinter mir her ist. Ich rief Tomasz an und fragte ihn, was ich tun soll. Tomasz sagte, ich müsse das Auto anzünden, um die Spuren zu beseitigen. Aber wenn ich das Auto an dieser Stelle, gleich neben der Hauptstrasse, angezündet hätte, dann hätte das jeder gesehen und zwei Minuten später wäre die Polizei da gewesen. Deshalb habe ich den Toten auf den Beifahrersitz geschoben und bin in die Berge gefahren, um einen abgelegenen Ort zu suchen.«

»Und dort haben sie dann das Auto angezündet?«

»Nein. Mir wurde klar, dass ich es nicht schaffe, das Auto anzuzünden, wenn der Mann im Auto ist. Er war zwar schon tot, aber trotzdem. Ich weiss nicht genau, warum. Aber ich konnte es nicht. Ich musste zuerst die Leiche loswerden. Ich habe den Mann in den Bergen von einer Brücke geworfen. Dann wurde mir klar, dass ich das Auto nicht in den Bergen anzünden kann. Wie wäre ich denn von dort weggekommen? Also bin ich wieder ins Tal hinunter gefahren und habe eine Stelle gesucht, die etwas abgelegen ist, aber trotzdem nahe bei einem Bahnhof.«

»Was haben Sie aus dem Auto mitgenommen, bevor sie es angezündet haben?«

»Nichts.«

»Herr Michalak, lügen Sie uns nicht an! Wir haben die Uhr und den Ring des Toten bei Thomasz Janowski gefunden.«

»Ja, stimmt. Aber der Mann war ja tot. Er brauchte die Sachen nicht mehr.«

»Und sonst?«

»Nichts.«

»Wirklich?«

»Nur eine Plastiktüte, die auf dem Rücksitz lag.«

»Was war in der Tüte?«

»Eine Spielzeugpistole, ein paar Seile und ein MP3-Player.«

»Was haben Sie mit den Sachen gemacht?«

»Zuerst dachte ich, dass ich die Spielzeugpistole für einen Überfall brauchen könnte. Sie sah ziemlich echt aus. Kein Kinderspielzeug. Eher für einen Film oder fürs Theater. Aber dann war es mir zu gefährlich, mit der Pistole über die Grenze zu fahren. Wenn du von der Polizei angehalten wirst und du hast eine Pistole dabei, dann wirst du doch sicher überprüft. Deshalb habe ich sie weggeworfen, bevor ich an die deutsche Grenze kam.«

»Und die anderen Sachen?«

»Die Seile habe ich ebenfalls weggeworfen. Den Ring und die Uhr habe ich Tomasz verkauft. Und den MP3-Player habe ich immer noch. Er ist in meiner Tasche.«

Als Claudia mit der Übersetzung des Vernehmungsprotokolls fertig war, sassen wir am Besprechungstisch und blickten uns ungläubig an. Warum hatte Beat Furrer eine

Spielzeugpistole und Seile im Auto als er zu seiner Geschäftsreise aufbrach? Und handelte es sich um den MP3-Player von Ivana Gobec? Den MP3-Player, mit dem sie am Tag zuvor joggen ging und den wir nicht bei der Leiche gefunden hatten?

Es dauerte nur eine Stunde, bis wir Gewissheit hatten: Claudia hatte durch ein längeres Telefongespräch mit der polnischen Polizei herausgefunden, dass auf dem bei Dariusz Michalak sichergestellten MP3-Player 37 Musikstücke abgespeichert waren. Und diese 37 Musikstücke waren identisch mit der Playlist „Jogging“, die Claudia auf dem Computer von Ivana Gobec fand.

Alexandra und ich fuhren sofort nach Sonnenberg zu Barbara Furrer.

»Frau Furrer«, begann die Staatsanwältin die Befragung, »Sie haben ausgesagt, dass ihr Mann am 1. Mai den ganzen Nachmittag und Abend zu Hause war.«

»Ja, das stimmt. Am Morgen war er kurz in der Stadt, um frisches Brot und eine Sonntagszeitung zu kaufen. Danach war er den Rest des Tages zu Hause.«

»Frau Furrer, wir haben Grund zur Vermutung, dass das nicht stimmt.«

Barbara Furrer blickte Alexandra irritiert an. »Doch, ich bin absolut sicher. Das war ja der letzte Tag, den ich mit meinem Mann verbracht habe. Wenn Sie wüssten, wie oft ich mir in den letzten Wochen Gedanken über diesen Tag und viele andere Ereignisse der letzten Jahre gemacht habe! Können Sie sich vorstellen, welche Fragen ich mir in den letzten Wochen gestellt habe? Sie haben ja keine Ahnung! Ich irre mich ganz sicher nicht. Beat hat vom Mittag an das Haus nicht mehr verlassen, bis er am Montagmorgen zur Arbeit fuhr. Da bin ich mir ganz sicher.«

»Auch nicht zwischendurch für kurze Zeit?«

»Er war höchstens mal zehn Minuten im Garten oder auf dem Balkon, um eine Zigarette zu rauchen.«

»Gut«, sagte Alexandra, »wir werden das überprüfen.«

Bevor Alexandra das Gespräch beenden konnte, stellte ich noch eine Frage: »Frau Furrer, mein Kollege Herr Bertoldi hat Sie vor ein paar Wochen zufällig zusammen mit einer anderen Familie in einem Restaurant gesehen.«

»Ja, ich weiss, ich habe ihn auch gesehen.«

»Diese andere Familie…«

»Nadia und Richard Klein mit ihrem Sohn.«

»Haben Sie engen Kontakt mit der Familie Klein?«

»Warum fragen Sie?«

»Frau Furrer, bitte beantworten Sie die Frage von Herrn Goldbacher«, unterband Alexandra die Rückfrage.

»Nadia kenne ich seit ich klein bin. Wir haben zusammen die Schule besucht. Richard kenne ich nicht so gut. Meist treffe ich mich nur mit Nadia. Richard sehe ich höchstens ein, zwei Mal pro Jahr. Beat hatte mehr Kontakt zu ihm.«

Alexandra und ich blickten uns kurz an. Ich fragte nach: »Ihr Mann hatte regelmässig Kontakt mit Richard Klein?«

»Zumindest solange mein Jüngster Fussball spielte. Er spielte jahrelang im gleichen Team wie der Sohn von Nadia und Richard. In dieser Zeit haben die beiden Männer fast jeden Samstagnachmittag am Spielfeldrand verbracht.«

»Als ich Sie nach Kollegen ihres Mannes gefragt habe, haben sie Richard Klein nicht erwähnt.«

»Ja, klar. Wissen Sie, mein Sohn spielt schon seit zwei Jahren nicht mehr Fussball. Soweit ich weiss, hatten Beat und Richard seitdem nicht mehr viel Kontakt.«

Nachdem wir das Haus verlassen hatten, schlug ich vor, zu Richard Klein zu fahren.

»Nein«, entschied Alexandra. »Zuerst will ich die Telefondaten von allen Handys der Familien Furrer und Klein überprüfen. Entweder lügt Richard Klein oder Barbara Furrer. Ich will wissen, was die Handydaten über den Aufenthaltsort aller Beteiligten sagen, bevor wir das nächste Gespräch führen.«

Freitag, 24. Juni, später Nachmittag

Alexandra hatte viel Druck bei den Telefongesellschaften gemacht. Um 17:30 Uhr hatten wir die Handydaten des ersten Mai von Barbara und Beat Furrer, Richard und Nadia Klein sowie den Kindern beider Familien.

Beat Furrers Handy war tatsächlich ab 10:15 Uhr ohne Unterbruch immer in Sonnenberg. Falls er das Haus am Nachmittag oder Abend doch verlassen hatte, dann war er entweder nicht weit weggegangen oder er hatte das Handy zu Hause gelassen.

Interessanter als das Bewegungsprofil von Beat Furrers Handy waren aber die Anrufe: Er hatte kurz nach 12 Uhr zwei Mal mit Richard Klein telefoniert und dazwischen mit Ivana Gobec. Und am Abend hatte er kurz nach 20 Uhr einen Anruf von Richard Klein entgegen genommen.

Aus den Kontakten von Richard Kleins Handy mit den verschiedenen Mobilfunkantennen war ersichtlich, dass auch er fast den ganzen Tag zu Hause verbracht hatte. Gegen 17 Uhr war er, wie er uns gesagt hatte, zur Kantonsschule gefahren. Die Handydaten zeigten aber, dass er entgegen seiner Aussage nicht längere Zeit dort geblieben war, sondern sich zwischen 18:30 Uhr und 20:10 Uhr im Grabenfelderwald aufgehalten hatte.

Alexandra, Luca und ich fuhren sofort zum Haus der Familie Klein. Sicherheitshalber boten wir eine Polizeistreife auf, die in der Nähe warten sollte, um uns bei Bedarf zu unterstützen.

Richard Klein war überrascht, als er uns die Tür öffnete. »Was wollen Sie denn hier?«

»Herr Klein, wir müssen Ihnen ein paar Fragen stellen«, antwortete Alexandra.

»Muss das hier und jetzt sein?«

»Ja.«

Während Klein uns zu seinem Arbeitszimmer führte, kam seine Frau aus der Küche und blickte ihren Mann fragend an. »Die Herrschaften sind von der Polizei«, erklärte er ihr. »Sie müssen mir ein paar Fragen stellen. Ich glaube, es geht um Beat Furrer.«

Kaum war die Türe des Arbeitszimmers geschlossen, zischte er uns an: »Was fällt Ihnen ein, hierher zu kommen?«

Alexandra ignorierte die Bemerkung und kam sofort zur Sache: »Herr Klein, wo waren Sie am Abend des ersten Mai?«

»Das habe ich Ihren Kollegen doch schon gesagt: Ich war im Schulhaus, um Lektionen vorzubereiten.«

»Wir haben Ihre Handydaten überprüft. Sie waren an diesem Abend auch im Grabenfelderwald.«

Der bisher so selbstsichere Richard Klein wurde von einer Sekunde auf die andere leichenblass.

Als er nicht antwortete, fuhr Alexandra fort: »Wir wissen auch, dass Sie an diesem Tag drei Mal mit Beat Furrer telefoniert haben. Und Beat Furrer zwischendurch mit Ivana Gobec. Herr Klein, was haben Sie im Grabenfelderwald gemacht?«

Klein blickte uns fassungslos an und setzte sich. Es dauerte einige Minuten, bis er resigniert begann, seine Geschichte zu erzählen:

In den Jahren, in denen Richard Klein und Beat Furrer zahlreiche Fussballspiele ihrer Söhne am Spielfeldrand mitverfolgt hatten, war ein enger Kontakt entstanden. »Wir haben über Gott und die Welt gesprochen. Auch darüber, dass es mit unseren Frauen nicht mehr so ist wie früher. Er sagte nie etwas Konkretes, aber mir war klar, dass er gegenüber einem Abenteuer nicht abgeneigt war. Und er wusste wohl auch, dass es mir gleich ging.«

Nachdem Beat Furrers Sohn mit Fussball aufhörte, wurde der Kontakt seltener. Die beiden Männer trafen sich aber immer noch ab und zu zum Mittagessen oder zu einem Feierabend-Bier.

»Vor ein paar Wochen wurde aus dem Feierabend-Bier ein langer Abend. Ich hatte sehr viel getrunken. Irgendwann erzählte ich ihm von meiner Affäre mit Angela und davon, dass sie seither immer wieder droht, meiner Frau davon zu erzählen. Beat blickte mich entsetzt an und fragte, ob Angela Geld von mir verlange.«

Beat Furrer erzählte Richard Klein an diesem Abend noch nichts von seiner Affäre mit Ivana Gobec. Aber am nächsten Tag rief Furrer Klein an und meinte, er müsse ihn unbedingt sofort treffen. »Da hat er mir seine Geschichte erzählt. Er hatte in der Zwischenzeit herausgefunden, dass Angela und Ivana Freundinnen sind. Wir haben dann zusammen eine Möglichkeit gesucht, die Erpressungen zu beenden, ohne dass unsere Seitensprünge auffliegen.«

Beat Furrer und Richard Klein beschlossen, die nächste Geldforderung abzuwarten. Als sich Ivana Gobec bei Furrer meldete, sahen sie ihre Chance: »Die Schule hatte die Waldhütte im Grabenfelderwald für den Theaterworkshop gemietet, welchen ich in der Projektwoche Anfang Mai leitete. Ich hatte den Schlüssel der Hütte im Schulhaus. Beat sagte Ivana, dass sie für die Geldübergabe zu dieser Hütte kommen solle. Das war kein Problem. Er hatte sich immer an abgelegenen Orten mit ihr getroffen, da er nicht gesehen werden wollte.«

Richard Klein wartete mit einer Pistole aus den Theaterrequisiten der Schule sowie Seilen und seinem Handy bei der Hütte auf Ivana Gobec. Der Plan war, Ivana Gobec zu zwingen, die beiden Erpressungen zuzugeben. Klein wollte das Geständnis mit dem Handy filmen. »Wir hatten nicht vor, die beiden Frauen anzuzeigen. Wir wollten ihnen nur Angst machen. Wir dachten uns: Wenn Angela und Ivana wissen, dass wir etwas gegen sie in der Hand haben, dann lassen sie uns in Ruhe.«

Klein war überrascht, als Ivana Gobec nicht mit dem Auto, sondern joggend zur Waldhütte kam. Er bedrohte sie mit der Theaterpistole, zwang sie, in die Hütte zu kommen, und fesselte sie dort an einen Stuhl. Er verlangte von ihr das Geständnis, dass sie gemeinsam mit Angela Macarro mehrere Männer erpresst habe. Doch Ivana Gobec weigerte sich. »Sie schrie mich an, beschimpfte mich und behauptete, nichts von Angela und mir zu wissen. Als ich die Kamera ein erstes Mal laufen liess, schwieg sie einfach. Beim zweiten Versuch sagte sie in die Kamera: „Ich heisse Ivana

Gobec. Ich werde hier festgehalten und mit einer Pistole bedroht von einem Mann, der sich Richard Klein nennt.“ Dann schwieg sie erneut.«

Als klar wurde, dass es nicht so lief wie geplant, wurde Richard Klein nervös. Zuerst versuchte er sein Glück mit der Drohung, Ivana Gobec so lange festzuhalten, bis das gewünschte Video gedreht war. Doch er merkte bald, dass Ivana Gobec nicht so rasch nachgeben würde. »Irgendwann musste ich mal aufs Klo. Als ich zurückkam, war es ihr irgendwie gelungen, sich zu befreien. Ich sah gerade noch, wie sie die Tür öffnete und wegrannte.«

Richard Klein hatte zwar die Hüttentür von innen abgeschlossen, damit nicht plötzlich ein Spaziergänger hinein kommen konnte. Er liess aber den Schlüssel im Türschloss stecken, da er einen Fluchtversuch der gefesselten Ivana Gobec nicht in Betracht gezogen hatte.

»Ich lief hinterher und rief, sie solle stehen bleiben. Aber sie rannte einfach weiter auf dem schmalen Weg in den Wald hinein. Als ich merkte, dass sie viel schneller läuft als ich, rief ich noch, dass ich schiesse, wenn sie nicht stehen bleibt.«

Doch Ivana Gobec rannte weiter. Wenige Augenblicke nachdem Richard Klein die Frau aus den Augen verloren hatte und resigniert stehen geblieben war, hörte er plötzlich einen fürchterlichen Schrei. Dann war es ganz still im Wald.

Klein ging weiter. Als er die schmale und rutschige Stelle erreichte, ahnte er, dass Ivana Gobec abgestürzt war. »Ich rief ein paar Mal nach ihr, doch sie antwortete nicht. Ich wusste nicht, wovor ich mehr Angst haben sollte: Dass sie tot war oder dass sie sich vor mir versteckt, in die Stadt zurück kehrt und mich anzeigt?«

Er rief Beat Furrer an. Danach holte er seinen grauen VW Golf Kombi, den er ein Stück von der Hütte entfernt abgestellt hatte, und kehrte zur Waldhütte zurück. Er packte den MP3-Player, den er Ivana Gobec abgenommen hatte, sowie die Theaterpistole und die Seile ein. Es durfte keine Spuren geben, wenn er am nächsten Morgen mit den Schülern zum Theaterworkshop in die Hütte zurückkehren würde.

Am nächsten Morgen traf er sich vor der Schule kurz mit Beat Furrer: »Ich sagte ihm, er solle die Sachen während seiner Geschäftsreise irgendwo verschwinden lassen. Ich wollte einfach nichts mehr davon sehen.«

»Ich habe Frau Gobec nichts getan. Sie müssen mir das glauben. Mein Gott, wir wollten doch nicht, dass ihr etwas passiert. Wir wollten nur, dass diese Erpressungen aufhören. Sie müssen mir glauben. Ich habe ihr nichts getan. Es war ein schrecklicher Unfall!«

Wir verhafteten Richard Klein und informierten seine Frau. Während wir ihn zu unserem Auto führten, blickte uns Nadia Klein fassungslos hinterher.